藝文采風

媽媽的左手

布萊特・孫 著
Bright CC SUN

以此小說獻給
父母、岳父母、妻子與兄姐弟們，
還有人生中
曾經幫助我的每一個人

推薦序一
一本平淡而偉大的跨時代鉅著

　　收到作者這篇小說，著實令我驚訝了一番。這是一本中長篇小說，看到書名，是有點摸不著頭緒，但隨著深入閱讀後，卻欲罷不能，最終方知書名的意涵，意境深遠。這是一個開始於四五十年前的故事，說是愛情故事，卻又讓讀者看到更多的相互犧牲與對於真善美的堅持。實在敬佩作者敏銳的心思與毫不加油添醋的筆觸，在當今社會，不敢想像會有這本小說的出現。小說描繪了許多臺灣從七〇年代開始的情境，時間軸長達約四十年；看完後，心中感觸良多，相當感動。這是一本跨時代的鉅著，平淡而偉大，不能用一般愛情小說視之，這裡展示的「愛」，是一種獨特存在華人世界的至高情感，無私與犧牲，吾人認為應該讓全世界都看到這種臺灣無私的愛，是我們臺灣立足於世界的一個無形力量。

趙淑德
前考試委員，作者博士論文指導教授張明文博士夫人

推薦序二
期待讀者也能感受到那欣喜、光明與美麗的力量

　　本書敘述一位媽媽帶著雙胞胎姊妹的成長、生活與體驗故事。作者是一位光電科學的國際知名教授，他花了十年以九萬字來說一個故事，顯然是有感而發。書中充滿著曲折、懸疑、盼望與幸福感，也蘊藏著豐富的教育理念以及倫理正義。作者跟我說，這個小說純粹是杜撰虛擬的一個故事，但是我相信它也融合了作者人生的幾個重要的經歷，加上作者本性醇厚、思路敏銳、才氣橫溢，以至於故事生動自然令讀者彷彿身歷實境。

　　本書開幕及閉幕場景相同，是在古都臺南的一個墓園、主角與其早逝的天上爸爸對話。但時光跨越了四十年，出場人物已從當初傷痛低潮的三個人成長為欣欣向榮的三代家族！全書故事敘說著一步一腳印、堅定的承諾、純真善良、無私的愛成就了這樣的源遠流長。

　　四十年光陰故事分成三十三個章節，恰如其名。隨著小說故事發展，心中有一種感動，讓我想起了許多

人，他們如小說一般地乖巧、天真、雀躍、落淚、徬徨、焦慮、委屈、犧牲、奉獻，憑著善良溫暖、彼此相愛而終能讓酸甜苦辣變成甘醇甜美。

書中描寫小學運動會大隊接力決賽、天文社中央山脈之旅都相當激情，特別令我稱賞的，是作者把交大清華的梅竹賽寫得如此傳神。比賽激烈之餘，作者闡述了競賽的真諦，每個念過交清的人應該都心有戚戚焉，但那是小說中的女配角的故事，它圍繞在媽媽的右手。而左手呢，則是另一個愛情、親情、友情激烈交鋒的人生，不斷地犧牲自己、將愛散播給身邊的親人。

閉幕之前讀到，憑著多年做菜經驗，及為重病的女兒可能的最後一次做菜的堅定心意，令因中風導致右手癱瘓的媽媽仍能以左手做出像右手拿手菜那樣鮮美甘醇的味道，我終能明白，為何書名取為「媽媽的左手」！因為這種堅定守護摯愛一輩子的初衷以及「我做到了」的幸福感正是本書的精隨，它的力量幫助我們每個人心無罣礙、正向面對人生的無常與有常！

我覺得《媽媽的左手》的最佳名句是：一朵玫瑰的綻放要等二十年，但是再怎麼久，現在這些都是值得的。

期待讀者也能感受到那股力量,欣喜、光明與美麗。

許根玉

前交大光電學院院長,作者博士論文共同指導教授

推薦序三
我看見一顆溫暖和善的心

　　本書作者為國立中央大學光電系教授，與筆者共事近三十年。其研究成果十分卓越，屢獲各種獎項如國科會傑出研究獎及潘文淵科技獎等等，又是國際兩個主要光電學會（國際光電學會、美國光學學會）之會士（Fellow），其研究橫跨純粹學術性的探討和實用方面的研究，實屬難得。

　　作者故然專注於其研究工作，但也同時用心教學與培育後輩。早期作者以其本人之高度檢視學生，要求嚴格，於是他是系內有名的大刀之一。筆者雖與之共事多年，但亦不知其對寫作也懷有濃厚興趣，如今細讀本書之後，對他又增一層認識，才發現他的另一面，大刀之下有其溫情。

　　原來作者本質上是個和善樂觀的人，他相信，只要努力，上天定會眷顧你，給你回報。讀者只要用心細看本書，相信便可感覺到這個精神和信念貫穿全書。在念書中的讀者們，這是作者給你們的訊息啊！當讀者看到

本書主角之一的妹妹身陷困境時，會不會為她心痛而提心吊膽？另外、媽媽最後的下廚快炒，讀者會不會為她的手而捏一把冷汗？最後的結局，留給大家去發掘。總之，大刀之下，我看見一顆溫暖以及和善的心。這個「心」正是目前這個社會和這個世界最需要的。

游漢輝

前國立中央大學光電所所長，作者光學之啟蒙教師之一

推薦序四

期待讀者能找到與自己契合的精神價值與意義

　　和作者共事期間，認識的作者是冷靜理性、研發能力超強的典型理工男，某日工作之餘聊天，聽他提起要寫小說，心裡萬分驚奇，這話題便在之後偶而的聊天裡數次被提起。退休數年後某日返校拜訪昔日長官，竟巧遇作者在同一地點出現，瞬間又憶起寫小說這件事，因為自己從年輕時期就愛讀小說，很是期待作者的大作。

　　時值歲末，和作者再次提起小說這事，沒想到他在疫情期間出差隔離的旅館裡振筆疾書，不數日就已完成小說梗概，據作者形容當時文思泉湧、下筆如飛，我有幸能閱讀到作者的第一手初稿。

　　小說開篇時序是歲末的南臺灣，蕭瑟風中一位母親和兩位孿生姊妹，在墳前祭拜她們的父親，並由此開啟這位堅毅的母親啟琳，和兩位聰慧伶俐又貼心女兒欣德、欣雅的艱辛生活。這是一篇平凡小人物的故事，如同你我身邊可能的任何一個人，在現實生活中，當自己

是故事裡的人物時，就能體會點點滴滴都是艱難不易堅守正直的理念與淚水。母親給了兩個女兒正確的三觀教育、不自恃聰慧而走偏門邪道，無論學習、交友、家庭責任，都秉持、堅守正直理念，母親如多數傳統女性，不顧身心痛苦去承擔養育女兒的責任，而女兒們在母親罹病時，如何齊心協力用盡一切方法為母求醫，過程裡洋溢著家庭的溫暖與親情。

　　小說雖然以母女為主軸，但幾位男性在故事裡，也提供了許多正向、積極的思維、進退有度、犧牲小我的價值取向，這一點也是我個人非常欣賞與認同的。敬友對於欣雅情感的隱忍與面對現實衝擊後的長久堅持；檢察官孫正賢有法律的專業與武器，卻沒有拿來對付一個不幸的肇事工人，反而以一己之力協助他解決生活困境，在情感上最終尊重欣雅的選擇而放手；楊志學貫穿全篇，扮演著父親般的角色，對啟琳、欣雅、欣德全心全意的照顧、秉於從商者社會責任的堅守，對照現實社會，也是絕對值得推崇的價值。

　　期待讀者們能都在這本《媽媽的左手》小說裡，找到與自己契合的精神價值與意義。

施小文

前國立中央大學研發處秘書

推薦序五

看到了我輩所熟悉，目前卻已難見的犧牲與奉獻之情義

　　我輩理工直男居然出抒情小說！作者的學術成就斐然，沒想到他的小說也讓我感動不已！

　　年近耳順之年，遊歷過世界、見識過人情，也逐漸懂得欣賞文藝之美；但是我前後翻看，老同學的這篇小說並沒有顯著的文學技巧、沒有動人的修辭手法、更沒有什麼伏筆、典故、隱喻等，為什麼看完後會眼眶泛淚大受感動？！

　　因為我感受到真摯溫暖的情感，看到了我們這輩所熟悉而目前已難再見的犧牲奉獻之情義，也憶起了學生時期的青澀與歡樂；非常感謝老同學，讓我又一次重溫梅竹賽的情境，當年奔波整個寒假讓梅竹復賽的點滴又湧上心頭！

樓穎智

前理律法律事務所高級顧問，作者大學同學

推薦序六
一本描寫早期人性善良與純真的書，看完之後仍有餘韻

在目前凡事講求速成、刺激的年代，許多文章都以驚世駭俗的劇情、跌宕起伏的情節來吸引讀者，然而在看完之後，也不曾留下什麼。讀《媽媽的左手》，作者行文如涓涓細流，彷彿一股清流，文章深入剖析人性，傳達人性中可貴的一面，有安撫人心的效果，讓人看完之後仍有餘韻。

整篇文章以說故事的方式呈現，故事感人，遣詞用句平舖直敘，沒有華麗的詞彙及艱澀的用語，故事內容真實精彩，沒有無病呻吟、也不為賦新詞強說愁，讓讀者開始閱讀後就欲罷不能。文章主要描寫四、五十年前，人們的善良與純真、傳統的親情及單純的愛情，以及生長在那個物資缺乏年代的人們，面對現實生活壓力，必須做出抉擇的無奈，讓相同年代長大的讀者心有戚戚焉，彷彿作者寫的是自己身邊親戚、朋友的故事。

我在職場三十幾年，每一年都有新人入職，隨著社

會的進步,物質更加充裕,每一個年代入職的新人,價值觀也在不斷改變,從初期的任勞任怨,聽令行事,慢慢變的以自我為中心,有更多自己的創意,也能做更多自己想做的事,但也少了人與人之間的連結與情感。兩代人之間的觀念差異,無所謂對錯好壞,只是在如此講求自我的年代,有這麼一本描寫早期人性善良與純真的書出版,或能讓現代的人能重新思考得到與失去的,那個更珍貴。

黃瑞豐
統一精工總經理,作者高中同學

推薦序七

書中展示的愛與責任，正是奮鬥與犧牲的基石

　　我們踏到的這片土地上，從古到今，有多少人走過？前人留下的文物、建築、音樂、器皿等看的見、感覺的到的東西，除了給後人帶來更便利富足的生活外，還有寶貴的文化，當我們去思考先人們辛勤的動力來源時，可以發現愛與責任是這些力量的來源。

　　在此感謝作者在《媽媽的左手》著作中，幫我們回味七〇到九〇年代的社會的人情溫暖，讓我再次歷經臺灣經濟起飛時的那一段特殊的歷程。作者用感人的故事來貫穿整個小說，卻每每觸及一股以愛與責任為核心的力量，成為奮鬥與犧牲的基石，這些點點滴滴，匯集成流，造就了那年代的經濟起飛與今日科學園區的成功。

車行遠
力積電製程整合技術經理，作者國中同學

作者序

　　生命是一場旅程，期待的是有一路美好風景能賞盡百花綻放、瀏覽山河壯麗、優遊小橋流水，藍天白雲在上、盡孝父母於下、兄弟姊妹一起成長、三兩好友常聚、與伴侶終老、看著孩子健康平安長大……。

　　雖然期待總是美好，現實卻總不盡然，一切的美好都需付出代價。不管代價如何，人生的美好與否最終還是存在於自己的內心，是真、是善、是美！

　　作者以其人生體驗，感受到美好與無奈總是不斷地交叉輪轉，只能知天命以慰。但有些真善美的人性光輝就像是一本好書，需要花時間細心閱讀之後，才能夠深刻感受到那個美好。這本小說嘗試表現這樣的感覺，雖然盡是酸甜苦辣，但就好像是真善美的一個調味料，即使味道未必順口、也看似平凡，但終究是芬芳甘醇，需要細細品味。

　　這本小說的寫作志不在於其有形價值，而是用來傳遞人性的光輝，一種真善美的感覺，或者可說是愛的表現；因此這本小說所要講的就是一個愛的故事（love story），不管是右手之愛或是左手之愛。

　　小說歷時十年完成，幸好有 Covid-19 的隔離，使作者的心靈得以聚焦，在最後的一年中將小說尚餘的六分之五寫完。作者在第十年的寫作時，因身處特殊時空，思緒極度快閃，揮筆如健，幸有施小文小姐在旁進行第一手的試閱，並不厭其煩地討論文中細節，潤飾與合理之，使得本小說最後能順利完成付梓，在此特別致謝；同時也向曾經短暫擔任過本小說之助理作家與協助校稿的好友們一併表答謝誠。

布萊特・孫
2023年1月6日謹識

目錄

推薦序

一　一本平淡而偉大的跨時代鉅著………趙淑德　001

二　期待讀者也能感受到那欣喜、光明與
　　美麗的力量……………………………許根玉　003

三　我看見一顆溫暖和善的心……………游漢輝　007

四　期待讀者能找到與自己契合的精神
　　價值與意義……………………………施小文　009

五　看到了我輩所熟悉，目前卻已難見的
　　犧牲與奉獻之情義……………………樓穎智　011

六　一本描寫早期人性善良與純真的書，
　　看完之後仍有餘韻……………………黃瑞豐　013

七　書中展示的愛與責任，正是奮鬥與
　　犧牲的基石……………………………車行遠　015

作者序……………………………………布萊特・孫　001

第 一 回　走過脆弱………………………………1

第 二 回　校園姊妹花……………………………5

第 三 回　曾老師的洗禮…………………………9

第 四 回	難忘的運動會	13
第 五 回	日月輝映	21
第 六 回	媽媽的愛	25
第 七 回	課本與工廠	31
第 八 回	玫瑰與茉莉　各自的芬芳	39
第 九 回	球場的這一邊有說不清楚的期待	47
第 十 回	山的另一邊有溫柔的星空	53
第十一回	大學聯考	63
第十二回	分離與抉擇	69
第十三回	風城的饗宴	75
第十四回	犧牲的代價	83
第十五回	摯愛與報恩之間	89
第十六回	媽媽的右手	95
第十七回	梅竹賽	101
第十八回	回歸原點	109
第十九回	一樣情二樣緣	117
第 廿 回	失戀需要的是時間還有一個對的人	129
第廿一回	各奔東西	137
第廿二回	純真時代的結束	145

第廿三回	無法理解　也無法想像	151
第廿四回	三分之二也不錯	157
第廿五回	未綻放的玫瑰	165
第廿六回	一種二十年的味道	175
第廿七回	摯愛面前的中年男子	183
第廿八回	有備而來	191
第廿九回	綻放的玫瑰	197
第　卅　回	真愛結連理	203
第卅一回	沒辦法恭喜	209
第卅二回	媽媽的左手	215
第卅三回	粉紅色的髮帶	221

讀者迴響……………………………………225

第一回
走過脆弱

　　那是一個本來應該歡慶的日子，大年初一的路上，沿路的人潮不多，但是前方的香煙裊裊，顯然是很多人都已來到這個區域。欣德與欣雅這兩個雙胞胎倚在計程車的窗戶內，直問媽媽到底到了沒。這個城市，這個時間的這個地點的這些人潮，為的就是在這個最重要的節日，要與已逝的親人分享一年來的思念。啟琳獨自帶著這對尚就讀於幼稚園大班的雙胞姊妹，來到已逝的先生的墓園，忍住一直在眼眶打轉的淚水，不是來訴說委屈與不幸，而是要讓因公殉職的先生知道，他們母女已經走過脆弱，重新站了起來。

　　近午的陽光雖然溫暖，究竟不敵入冬以來最強的一波冷氣團，幸好在這個一向難得嚴寒而富有人情的古都，人們的心中懷著的盡是溫暖。車子並未朝向人潮最多的地方駛去，反而轉向一條極窄的泥巴路，幸好路邊的雜草已被清除，使得泥濘的路面看起來稍微寬闊些。計程車司機在彎道中使力地把持著方向盤，一個大彎道後，進入一個整齊的天主教墓園。啟琳示意司機已到達

目的地,要他在一個小時後回來載他們即可。她輕輕地將兩個小女兒的衣服再度扣好拉上,撥了撥女兒已有些凌亂的頭髮,啟琳右手牽著姊姊欣德,左手牽著妹妹欣雅,走到墓碑旁,隨即在女兒的臉頰旁輕輕地說:「到了!我們來看爸爸了。」

　　兩個女兒今天的穿著是先生最喜歡的絨布布料,深紅的小連身裙,搭的是灰色的褲襪與黑色亮面的小皮鞋。兩個女兒的臉頰紅通通的,兩人頭上各有的兩條辮子上,都綁有一對同款式的髮帶,姐姐欣德髮上的是紅色的,妹妹欣雅的則是粉紅色。兩個聰明而善解人意的姐妹知道今天是來看父親,平日就極為乖巧的姐妹倆更是瞪大眼睛、聚精會神地,一左一右緊緊跟著媽媽,小心翼翼地來到墓園中心的涼亭;看著媽媽打開兩盒裝著水梨與蘋果的盒子,一時也不知道要做什麼,直到媽媽交給兩人各一束巨大的花束,兩人知道那是她們要做的事,要將花束插入左右各一個石頭做的黑色花瓶,這使她們頓時覺得頗有成就感。不過她們的任務尚未結束,他們要與媽媽一起向在天上的爸爸說話。媽媽告訴欣德與欣雅,當媽媽講話的時候要乖乖地在一旁聆聽,要讓爸爸看到懂事的她們,爸爸會非常高興,也會在天上保佑她們。

　　站在墓碑前,看著媽媽雙手合十,兩個姐妹也雙手

合十,一時沉默的媽媽頓時使得世界變得沉靜起來。媽媽終於開口了,姐妹倆更加全神貫注,聆聽媽媽的訴說。

這一年多來,丈夫因公殉職,頓時失去依靠的啟琳曾經絕望、茫然不知所措,但為了兩個年幼的女兒,啟琳熬過一段艱辛的日子後,逐漸走出喪夫之痛,帶著雙胞胎姐妹回到娘家,隨後利用先生的保險金與撫恤金,在她小時後就讀的國小旁買了一間二十五坪大的公寓。同時,在娘家與小學同學的協助下也承租了店面,並且在去年十二月開了一間快餐餐館,好的手藝與平實的價格吸引了不少的顧客上門。僅僅兩個月的時間,啟琳餐館的獲利便足以維持她們母女生活,這時她的心中不再是自怨自憐,只有感恩。她的心中對於丈夫的思念雖然曾讓她不知如何能繼續生活,但是兩個女兒明澈的雙眼又屢屢照亮她心中黑暗的角落。她相信,先生的不幸是她這輩子的最後一個打擊,女兒的幸福則是她這輩子勇往直前唯一的目的,這個心願讓她堅強,也讓她無比勇敢地往前。她告訴在天上的先生,她已走過最傷悲的日子,並且重新站了起來,現在她最需要的是,在她的氣力用盡之前,讓她的堅強與勇氣能支持她看到一雙女兒長大成人,並獲得真正的幸福為止。

欣德與欣雅站了好久,眼睛的餘光看到媽媽的雙手在拭淚,一時也竟也哭了起來,這時啟琳才發現她們佇

立在墓前雙手合十已站立了許久，趕緊要大家行三鞠躬禮。啟琳雙手緊握女兒們的小手，心疼她們年幼喪父，她緊緊摟著這雙懂事女兒，望著天空。

　　榕樹的枝葉在一陣風中輕輕搖晃，遠方的煙塵頓時處處瀰漫，正午的陽光極力地抵抗寒風，保護著這個堅強的母親與稚幼卻超齡的一雙女兒，罕見嚴寒的大年初一，陽光卻溫暖了整個大地，啟琳走過脆弱，心中極為篤定。

第二回
校園姊妹花

　　這一年的夏日像往年一樣地炎熱，八月底偶然有一絲涼意時，期盼的日子終於到來，雙胞胎姐妹即將進入小學就讀，踏進她們人生的第一個校園。那是一所位於鎮上主要道路旁的國小，是啟琳的母校，學校的西邊與縣內的高等法院僅隔著一條小巷，啟琳母女三人就住在這小巷內的一間小公寓，離小學側門不到五分鐘的路程。媽媽開的餐館就在法院門口的斜對面，當初啟琳就是為了可以就近照顧這一對寶貝女兒，好不容易才在自己母親與一位國小同學的協助下找到這個無論是地點與價位上都相當理想的公寓。

　　開學的這一天，天空微亮，媽媽就早起為女兒們準備早餐，平凡卻營養可口。在孩子們用餐的同時，媽媽拿出姊妹倆早就期盼的全新制服，是白色的襯衫及深藍色的吊帶百褶裙。啟琳一方面為上小學的女兒而感到開心，一方面卻又緊張起來，希望她們能適應這個全新的環境。出門前，媽媽為她們戴上全新的橙色圓帽，再整理身上的制服，並讓她們揹上水壺。走在路上，兩姐

妹，欣德右邊、欣雅左邊地緊緊握著媽媽已漸粗糙但依舊溫暖的手，兩姐妹雖然如往常依在媽媽身旁，但是與以前不一樣的是今日她們走起路來又蹦又跳的，飛揚的步伐讓人一看就知道有一種掩不住的興奮藏在這兩個小小的心靈之中。

從側門進入校園，首先映入眼簾的是一個兒童遊戲區，那裡有小沙坑、鞦韆、旋轉滑梯、翹翹板，但最讓姐妹倆注目的是那個在單槓旁的巨大地球儀，雖然並不是她們第一次看到這個地球儀，但是他們倆從來沒玩過這個地球儀，這是因為地球儀的轉動對稚齡小孩是有點危險的，啟琳規定姊妹倆須在進入國小就讀後，才可以去玩這個巨大的玩具。經過地球儀後，啟琳帶著兩個女兒走到一年級教室的門口，接著說：「聽好！今天是妳們上課的第一天，上課時要注意老師講的話，不懂就要發問。下課時走路或跑步要注意安全。」

啟琳突然間嚴肅了起來，雖然這是成長的一個重要里程，但是她仍然無法全然放心兩個女兒在學校的所有一切。

「嗯！嗯！」欣德與欣雅異口同聲的應和著。

「中午放學時妳們兩個一定要在側門口內集合，再一起走回餐館。」

這是啟琳再一次的叮嚀，雖然她知道兩個懂事又乖

巧的女兒早已知道要這麼做，不過作為一個身兼父職的媽媽，對女兒的叮嚀永遠都不嫌多。

　　這對雙胞胎並沒有在同一個班，姊姊是乙班，妹妹則是被編到丙班。第一天上課，免不了的慣例就是老師對學校的介紹以及幹部的遴選。一向活潑、聰明又樂於助人的欣德，很快地被老師指定擔任班長；而聰明伶俐的欣雅，也被指定為丙班的副班長。其實這二班的老師早已分別知道這一對姊妹特殊的遭遇，也都到過啟琳的餐館用過餐，對這兩個小女孩的乖巧與聰明心中早有定見，也深表同情。

　　說這兩個姐妹是雙胞胎，很多人半信半疑，因為她們是異卵雙胞胎，兩人不只個性不同，長相也很容易分辨，姊姊有著一雙炯炯有神的眼睛，長得清秀漂亮；妹妹有著一雙大眼睛，看起來極為可愛。兩人的高挺鼻子倒像是兩個姊妹的註冊商標，此外，兩人都編著二條長辮子，在這一群新生中，還真是蠻顯眼的。

　　第一天的時間過得很快，近午的鐘聲響起，因為一年級新生只需讀半天，所以這代表放學的時間到了。欣德班上的節奏稍快，因此今天她比欣雅早一點到了側門口，一看到妹妹到來，欣德急忙地上前牽住妹妹的手，兩人隨即按照媽媽的交代，走向媽媽的餐館。

　　就這樣，日子飛快地過著，餐館就像是姐妹倆的第

兩個家,欣德與欣雅不論是作功課或是午晚餐都在這裡,這裡也是她們每天討論學校各種趣事的所在。受限於餐館的作息,母女三人回到家中時已近八點,欣德與欣雅要輪流洗澡、趕著睡覺,對她們這對小女孩來說,家裡反而倒像是旅館一般。

　　啟琳在照顧好一對女兒上床睡覺後,仍須一如往常地準備著明天餐館所需的食材與家中永遠作不完的家事,幸好欣德與欣雅不僅自己會整理好隔天上學的書本及文具,也會利用剩餘的時間幫忙分擔家務事,啟琳看在眼裡,自是十分窩心。

　　啟琳是個要求非常嚴格的媽媽,因為她深知自己身兼父職,孩子的事總是擺在第一位,不希望女兒們輸在起跑點,期望她們將來能夠品學兼優,就像他們的爸爸一樣。

第三回
曾老師的洗禮

　　相對怕生的欣雅總是喜歡在休息時間緊黏著欣德，兩人感情就像麥芽糖那樣的緊密不分，校園裡隨時都可以看到兩人形影不離的身影。今晚回到家中，兩姐妹一時興起討論起今天分班時座位的配置以及坐在旁邊的男同學。這時啟琳正在準備明天餐廳的食材，貼心懂事的欣雅雖然與姐姐聊得十分有勁，但卻仍不時地望著辛苦的母親，希望媽媽趕快忙完，一起來聽她們的聊天。只是媽媽忙完後，兩姐妹被趕著去洗澡，吹完頭髮又被早早趕去睡覺，不過她們的興致未減，居然在被窩裡又聊了一、二十分鐘方能入睡，她們相信媽媽一定不知道學校的生活是多麼有趣。

　　相對於姐姐欣德的導師是一位年輕的男老師，妹妹欣雅的導師則是一位年紀稍大的女老師，名字叫曾薇波，聽說是這個國小的明星老師。這位女老師一聽口音便知道是從大陸來的外省人，字正腔圓、臉上有一副看起來很重的眼鏡，眼鏡後面連著金屬鍊子跨過老師的脖子，似乎當老師要看書時才需要戴起眼鏡，實在很奇

特。這位曾老師雖然年紀較大，但聽說並沒有小孩，偶而還會看到脖子也經常掛著一台相機的師丈前來拍照與幫忙。

　　曾老師是出了名的嚴格，每天規定要將手帕放在右邊的口袋，衛生紙放在左邊的口袋，座位上的桌子需要前後一排一排地對準，橫向的也要對齊，比起欣德班上的要求多了許多。不過這些要求對於欣雅真是一點也不難，在欣雅的認知中，這些本來就是應該的，她實在無法瞭解班上的那幾個男生為何經常做不到老師的要求而要被點名罰站。其中的幾個男生本來是欣雅小時會玩在一起的鄰居，經常是一身髒亂，但在曾老師的教導下，完全變了一個樣子，所以丙班在年級的整潔競賽中經常獲獎也在意料之中。曾老師灌輸給學生的責任感，遠遠超過其他的班級，難怪街坊鄰居，尤其是楊叔叔一直在跟媽媽說，曾老師是該校最好的老師。

　　學期末，曾老師在期末考結束該日，待全班打掃完後，要同學特別留下來。欣雅看到其他班級都已放學，不知道老師還要做什麼，但是看到師丈帶了幾十包大包小包的東西到教室來，好像要發禮物，心中滿是期待。欣雅曾聽鄰居講過曾老師會在學期末發禮物的事蹟，楊叔叔也提過，但是沒看過，真沒想到禮物是一個個精美包裝的獎品。這些曾老師在每個學期末精心為每個同學

準備的禮物，大小有別，上面還寫有學生的名字，顯然曾老師就是依照學生在該學期的表現來準備的。欣雅是班上最後一個唱名上台領獎的學生，看起來拿到的禮物應該也就是全班最大的一個。禮物的包裝真的很漂亮，聽曾老師講，這些都是師丈去採買與親自包裝的。欣雅從來沒有得到過這樣的禮物，她非常高興，心中也隱隱約約知道，自己的表現應該相當不錯才對。回家後，與極端羨慕的欣德一起將禮物拆開，姊妹倆看到有兩盒各種顏色的鉛筆與四本全新的作業本，興奮了一整天。最後，欣雅將一半的禮物分享給姐姐，讓欣德也一樣地高興了好久。

身為副班長的欣雅由於表現傑出，人緣好，功課上也是班上的第一名，早已成為丙班最耀眼的一顆明珠，與在乙班的欣德同樣地廣受老師的喜愛。在升上二年級的第一天課堂上，欣雅被曾老師任命為班長，這讓欣雅高興得又蹦又跳，她迫不及待地在放學時告訴隔壁班的姐姐。欣德告訴欣雅，她們班上為了男女平等，這學年要換男生來當班長，因此欣德也就沒再當班長了。這時欣雅才恍然大悟，原來她擔任班長也可能是因為男女輪流的關係，不過這無損於欣雅的興致，因為擔任班長的她，心中而多了一份榮譽感與責任感，她知道曾老師是一位嚴格的老師，也一定是因為自己的好表現而獲得老

師的任命，她一定會好好表現，讓班上獲得更多榮譽，讓自己成為老師眼中的好學生。

不過，高處不勝寒，擔任班長的欣雅不時地承受老師嚴格的督導。有一次，因為週六中午下課後要放幾天的假期，大家歸心似箭，打掃草草結束，原本應該督導打掃的欣雅卻因為要幫忙登記成績，而忘記去檢查打掃與課桌椅的對位，在同學放學後，欣雅與整潔股長小芳二人特別被曾老師留下來訓話。其實曾老師的目的不在處罰而是在灌輸學生的責任感，曾老師要欣雅與小芳二人堅守崗位，只要擔任幹部，一定要負責到底。流著眼淚的欣雅與小芳受到曾老師嚴格的教導與洗禮，赫然才發現當一個幹部真不簡單。

這件事情對即使已經比其他同學早熟的欣雅，也是影響深遠。曾老師還特別用了幾個故事來講述責任感的重要性，每個都在欣雅與小芳的心中產生了莫大的影響。

原來，被稱為明星老師的曾老師，果然與眾不同，這是在隔壁班的欣德很難體會到的。

第四回
難忘的運動會

　　隨著時間的飛逝，這對雙生姐妹已經升到五年級，這即將是她們在國小的最後二年，對於待了四年的校園，她們倆自是再熟悉不過了。懂事的她們不但是家中媽媽的好幫手，同時在學校也相當有名。有名的是兩個姐妹是這個學校中少數的雙胞胎，有名的是兩位姐妹功課一樣好，欣雅總是在班上名列前茅，而且因為善解人意加上重責任感，一直是老師最疼愛與最依賴的學生；欣德也不惶多讓，在班上的成績幾乎都是第一名，而且書法比賽與美術比賽都得過獎，是公認的才女，因此這兩個姐妹簡直就是這個年級的明星，相當醒目。她們雖然有名，但是並非事事順心，因為另一個人盡皆知的是她們自小就沒有父親，在這個小鎮上，這並不多見，雖然看在師長眼中格外令人疼惜，但是在同學當中，偶然的戲謔之言，卻常在姐妹的心中深深地烙下酸痛的印記。

　　姐妹在五年級分屬於丁班與甲班，在甲班的欣雅與在丁班的欣德同樣被同學選出擔任班長，雖然她們對於

擔任班長的工作並不陌生，但是這卻是她們第一次同時擔任班長，為此，兩人雖然高興，卻也有點緊張。這個學校近年來開始有一個新作法，高年級的班級有多了許多榮譽競賽，學校會在每週一的升旗典禮上公佈獲得競賽第一名的榮譽班，並將榮譽旗掛在教室外班級牌下，得獎的班級雖然高興，但也免不了緊張能否持續該榮譽，其他沒掛榮譽旗的班級可就相當沒面子了。這個不知道是哪一個人發明的無聊競賽，使得五年級的導師個個有如作戰的軍官，教室聽見導師的訓斥之聲不絕於耳，而且最令姐妹倆緊張的是五年級中最具競爭力的剛好是欣雅的甲班與欣德的丁班。

就這樣，一來一往的競爭，欣雅領導的甲班居然與欣德領導的丁班勢均力敵，幾乎是交換著得到榮譽旗。其實這樣也就相安無事，但是這種平衡其實是在相當競爭的情形下所得來的，造成姐妹倆心中的壓力也相當大。還好甲班與丁班的導師也漸漸感受到這在姐妹之間並非是一件好事，因此兩班輪流得獎的情況也是在老師的默契下形成。不過這次不一樣了，因為又到了一年一度的運動會，每個年級的榮譽錦標只有一個，而甲班的導師葉老師是運動會榮譽錦標的常勝軍。相較其他多數的女老師，葉老師是一個體育高手，只要被他教到的班級，大隊接力從來沒輸過，欣雅也就是在這情形下被葉

老師特別挑選進入這個班級的。隨著運動會的接近，在放學前，欣雅的班級會快速地結束打掃工作，全班同學在葉老師的帶動下利用剩下的二十分鐘進行跑步訓練。不同於欣德，長得略高的欣雅在體能與運動上皆相當出眾，她有著一副清瘦的身軀，兩條細細的長腿跑起來連男生也追不上，自是女生中少見的飛毛腿，也是葉老師想在大隊接力奪冠的手中王牌。欣德雖然不像妹妹一樣疾馳如風般快速，但是在班上的女生中，也是接力隊員的不二人選之一。較不好動的欣德看起來就是與欣雅不同，因為她小小的臉龐上卻掛著一副看起來格外顯目的近視眼鏡，這是兩位姐妹最大的不同。

就在運動會的前一天，甲班的葉老師給大家一個相當令人難忘的精神講話，他告訴大家明天一定會在運動會上勇奪大隊接力的冠軍與精神總錦標，他說根據他的瞭解，班上的速度是全年級最快的，比排名第二的班級快上許多。欣雅也因此帶著極為亢奮的心情回到媽媽的店中，看到已經在幫媽媽做事的姐姐，欣雅忍不住地說：「姐姐，我們導師說我們班上的速度是全年級最快的，而且比第二名快很多，明天一定會在大隊接力上跑第一名。」欣德看到非常亢奮的妹妹，不知要講什麼，只好隨口應一句：「天有不測風雲，搞不好其他班級有保留實力，不到最後，冠軍很難講是誰的，但是一定不

是我們班上的啦,因為我們班上的男生跑得不是很快,我們導師說我們班上若是接棒順利,能跑進前三名就可以偷笑了。」

欣德又覺得這樣講對身為班上的飛毛腿的妹妹不好意思,就補上一句:「不過妳們班上有妳這個飛毛腿,要輸也不容易,好在我不用跟妳一樣跑第一棒,否則就輸更多了。」

欣雅接著問:「姐姐妳是第幾棒呢?」

「我是第六棒,到我的時候應該輸給妳們班上很遠了吧!誰叫妳是第一棒!」欣德無奈地講。

「妳們明天要多小心一點,不要只顧第幾名。」媽媽補上一句,因為她擔心妹妹欣雅過度在乎勝負,而忘了注意自身的安全。

「同時,明天不管誰得第幾名,放學就要直接回到店裡,得勝的人不要高興過頭,輸的人不要氣餒。」媽媽也擔心萬一欣雅的班級沒有獲勝,身為班長與第一快腿的欣雅不知是否會很在意。

不像對運動會不很在意的欣德,欣雅一夜難眠,興奮得早早起床,穿起了運動短褲綁好鞋帶,獨自一個人蹦蹦跳跳地走到學校。

這一天天氣晴朗,溫度適中,早晨淡淡的藍天迎著微風與鳥語,看到掛滿萬國旗的操場,欣雅是既興奮又

緊張。運動會除了莊嚴的繞場與升旗典禮外，每個年級都有一場表演，欣雅與欣德因為都是班長，在五年級的高難度體操表演上，要負責整隊與喊口令的動作，這些在旁人看起來不簡單的事，對姐妹而言卻如家常便飯，欣雅更是樂在其中，因為今天的運動會，甲班將是五年級最矚目的班級，而她就像是那顆閃亮的明珠。

　　精彩的大隊接力被排在下午最後的節目中，六年級的接力賽是壓軸，五年級的接力賽是倒數第二場。在廣播整隊進場時，甲班原來女生的最後一棒，也是班上女生第二快的同學，因為身體不舒服，提早被家長接回家，葉老師擔心成績受影響，臨時將跑在全部第一棒的欣雅調到女生的第十棒。大隊接力共有二十棒，男女各半，棒次是女男混搭，因此共二十人的接力賽中，欣雅跑的是第十九棒，這是葉老師臨時因應現況想出來的奇招。他告訴欣雅，因為少掉原來第二快的女同學，前面的領先差距必然縮小，欣雅的任務是一舉將差距拉大，確保最後的冠軍。欣雅一直是第一棒的不二人選，她的協調性使她的起跑速度快過其他女生許多，每年的大隊接力，她的第一棒通常是一馬當先，領先對手起碼有三分之一的距離，這是全年級都知道的事。這次她變成了倒數第二棒，連自己也頗意外，不過聽到葉老師的解釋後，她覺得責任重大，雖然心中不免有點緊張，但倒是

相當篤定，自覺應該能達成老師所交付的使命。不過由於臨時棒次的調動，沒辦法告訴姐姐，欣德一定不知道自己會跑最後一棒，欣雅心中倒是因此而有點失望。

大隊接力在所有五年級全體同學的期待下終於展開，讓欣德很疑惑的是甲班的第一棒並沒有明顯的領先，反而是在搶跑道時大家擠成一團，就這樣一路上並沒有任何一班能維持經常性的領先，反倒是在欣德上場時，她的丁班一路上從第三名追到第一名，不過當跑到第十八棒時又形成一個甲班、丙班與丁班的亂集團，這種情形頗令大家意外、也讓葉老師相當著急，一直都待在欣雅旁邊的葉老師要欣雅在與十八棒的男生交棒時要先助跑，以發揮速度。只是一向跑第一棒的欣雅從沒在這樣緊張的情形下要做快速的助跑。欣雅的速度實在太快了，十八棒的男生在交棒時因為體力匱乏，始終無法將棒子交到欣雅的手中，最後因而向前摔了一跤，棒子也甩得老遠。欣雅回頭看到同學跌倒，趕緊跑去撿棒子，再回到跑道時，甲班已經落居所有七隊中的第五名。緊張到不知如何是好的欣雅，用盡了全身的力量不斷地衝刺，追過一個、兩個、三個，在快追過第四個、眼看要取得領先時已到交棒區。欣雅因過度緊張而使得身體僵硬了起來，當她要遞出棒子時，最後一棒的男生在老師的指示下加速助跑，一向協調性極好的欣雅因過

度使力而造成重心不穩,最後如同前一棒一般,欣雅重心不穩地往前大幅度地傾斜,她為了在摔倒之前能勉強交出棒子,最後是膝蓋直接撞到地面後整個人摔倒在地上,只是最後一棒的男同學被他這一跤干擾到,停滯了一下,再衝出去時甲班又落居第三名。

趴在地上的欣雅,內心極為懊惱,她爬起來坐在跑道上,膝關節處因為跌倒的關係,磨破了一大片,雖然血流得不多,但先前的麻,慢慢地轉為劇痛。強烈的榮譽感與責任心使她看到似乎已追不回的冠軍,眼淚就這麼不聽使喚地落下。這時似乎沒人注意到她已受傷,也似乎沒人注意她的存在,所有的五年級學生都往終點站跑了過去,不久之後只聽見一大片的歡呼聲。這個世界似乎一瞬間把她隔離開來,她被鎖在自己封閉的世界中,只聽到自己的哭泣聲與因為腿傷而特別明顯的脈搏聲。

欣雅已忘記這個運動會是如何結束的,班上的葉老師因為十八棒的男同學疑似骨折而緊急送同學去醫院,獨自在醫務室的欣雅看著自己腿上的紗布發呆許久,最後擦乾眼淚,回到操場時,運動會已結束。身為班長的她急著找同學,卻發現校園已漸空蕩,遠處的一群人看起來應是丙班的同學,人人一瓶汽水卻未見姊姊欣德。身心皆疲憊的欣雅不想讓人看到自己的狼狽樣子,選

擇避開人群,用自己最慢的速度離開校園,走向媽媽的餐館。

媽媽看到受傷的欣雅,一問才知道,原來姐姐回到家後說一直看不到的妹妹,居然是在醫務室裡。這時被媽媽叫去找欣雅的欣德剛好也回來,媽媽一看到欣德立即非常生氣地指責欣德的粗心與不關心妹妹,居然不知道妹妹摔了一大跤,而且受傷不輕。欣德班上這次拿下大隊接力的冠軍而相當興奮,她與另外幾位同學還被導師誇獎是這次奪冠的大功臣,原來老師在運動會後要請同學喝汽水,欣德因為一直沒看到欣雅,擔心欣雅因班上只得第三名太傷心而藉故先回店裡,才跟媽媽講了今天班上獲得冠軍的喜悅,就被媽媽叫去找妹妹。她實在不知到欣雅被換到女生最後一棒,她們班上其中一個跌倒的同學原來就是自己的妹妹。

欣雅的受傷與媽媽的斥責,讓欣德心中非常難過,一向樂觀與堅強的欣德終於也忍不住地大哭了起來,她的心中有說不出的委屈。

第五回
日月輝映

　　五年級的這場運動會著實地跌破許多師生的眼鏡，也使得欣德與欣雅這對姊妹感受到人生的不可預測。身體受傷的欣雅，看到一直堅強與活潑的姐姐在店中被媽媽的責備與淚眼婆娑的一幕，相當難過，也覺得很對不起姐姐。當天晚上，啟琳在知道欣雅受傷的全貌後，覺得不應該苛責欣德而使得大家的心情都相當低落，因此她在晚餐後特別去街上買了冰淇淋回來。啟琳打開冰淇淋盒子為兩個姊妹各弄好冰淇淋後，看到了二雙驚喜的眼神，她首先要兩個姊妹以後要更小心注意彼此，同時也誇獎了欣德與欣雅一番，說她們都能在團隊中爭取光榮。就這樣，原本低落的心情就如同融化的冰淇淋一般，啟琳母女三人破涕為笑，誓言這一輩子都要緊緊守在彼此身邊。

　　這個小學除了例行每週的錦標競爭外，運動會也掀起了不小的高潮，不久之後，又到了一年一度的市長競選大賽。學校規定每年的市長必須由五年級的同學中選出，獲勝者在五年級下學期至六年級上學期擔任市長一

職。市長將在一年的任期中擔任每週一升旗的總指揮，並名譽上主持全校各班班長所組成的全校議會，但更重要的是這是一個極高的榮譽，也是所有同年級功課上表現傑出同學引領期盼的一個超級盛事。

　　五年級的七個班級中每班都會推出一個候選人，候選人不外乎是班上功課前幾名，又曾擔任過班長或重要幹部的同學，當然，這雖然是經由推舉產生，但是老師的意見往往具有決定性的影響力。就這樣，在推舉出候選人的最後一天，即週五下午班會時間，各班皆不約而同地召開了選拔會議。甲班的欣雅無論是在功課、服務與人緣上皆是班上一時之選，加上大隊接力奮勇的拚鬥精神，幾乎讓她在毫無競爭對手下，獲得全班的支持。而在丁班的欣德也因為功課的極為優秀、優良的品德與無與倫比的才華獲得一致的支持，也成了丁班推舉的候選人。欣雅的獲推薦固然是意料中事，欣德的獲選更是毫無意外。心思細膩的欣德卻不太高興得起來，她知道妹妹可能也會獲選，身為姊姊的她應該要把這個榮譽給妹妹；就這樣，她在放學回家的路上下定了這個主意，一旦妹妹也獲選，她將在週一向老師要求改推派候選人。

　　欣德的預料果然沒錯，欣雅的確獲得班上絕大多數人的推薦去角逐市長，但令欣德完全意外的是欣雅也因

顧及欣德可能獲選，而在班會中即向老師請辭了市長的選舉，無奈的葉老師只好改派班上另一個品學兼優的男同學代表班上角逐市長，但是聲勢已差了一大截。回到家中的欣雅並沒有因此而有遺憾或不快樂的心情，因為她早已認定市長這個位置只有姊姊最為相稱，因此她很高興地向姊姊說，她期待看到姊姊以市長的身分在升旗典禮上指揮全體學生，她相信市長一定是非姊姊莫屬。

就這樣，國小的市長在兩週後的選舉活動中順利地選出了新任的市長，欣德不負眾望地以第一高票當選。在競選活動中，最讓人印象深刻的是，欣德在市長競選演講中，並非如一般的候選人只能發表一些八股文式的政見，而是將五年級大隊接力比賽時她與妹妹欣雅當天為班上榮譽而拚鬥的精神，與自己為了尋找妹妹而放棄與老師與同學的汽水慶功活動，她矢志要將所有同學當作自己的兄弟姊妹，就像她與妹妹欣雅一般。

欣德的演講感動了所有的師生，同學們也普遍感受到這對姊妹的情誼，看到了她們即使年幼失父，但是無論在學業成績、團體生活與家庭生活上卻有脫俗的優異表現，完全地讓所有同年級的師生不作第二人想。因為所有的導師都看好欣德，欣德所獲得的票數創下了學校舉辦市長選舉以來的最高紀錄。在欣德當選市長當天，餐館的媽媽特別作了一鍋滷肉犒賞全家，除了勉勵欣德

不要辜負大家的期待外，同時特別感謝欣雅在欣德競選時的協助。媽媽知道欣雅在辭去候選人時，就將姊姊的這場競選當作自己的選舉，因此欣雅表現得比欣德更在乎。她在競選期間不斷地提供欣德別班同學的看法，讓欣德能夠瞭解自己獲得的支持度，連欣德精彩的演講稿內容也是出自欣雅的點子，再經過欣德導師的潤飾而成。欣德當然知道，要不是妹妹的禮讓，要不是妹妹全心的投入，她這場仗會打得相當辛苦，這個市長是她與妹妹及媽媽共同擁有的，也是給天上爸爸最好的禮物。

　　這兩個早熟的姊妹花，心意相投，日月輝映，已算得上是這個鎮上的一個小小傳奇。

第六回
媽媽的愛

　　六年級的時間感覺上比其他的幾個年級都來得快，在這一年中許多女生都經歷了她們此生最大的生理上的變化，一下子女同學的身高出現了極大的差異化，而幼稚的男同學們，不管怎麼看，個子也如同心智一般的幼小。

　　欣德與欣雅由於出了名的品學兼優，加上這一年她們與其他女孩一樣長高了許多，成了許多女同學爭相模仿，男同學仰慕的對象，只是她們倆的心情卻怎麼也好不起來。

　　就在這一年的冬天，比起往年更兇猛的寒流一個接著一個報到，教室在上課時幾乎是門窗緊閉，而姊妹倆的心往往卻落在教室外鎮上的大醫院中，因為她們的外婆在這一年的一月時中風住院。因為外婆狀況時好時壞，身形愈見憔悴的媽媽為了要照顧外婆，有一個月餐館幾乎處於休息狀態，若不是老鄰居楊叔叔的協助，餐館可能要休業好久。雖然姊妹倆的生活在媽媽的安排下影響不大，但是心情的低劣可想而知。嚴重中風的外婆

雖然在啟琳細心的照顧下曾經獲得好轉，但是在清明節前夕終於不敵二次中風的摧殘而去世。這次外婆的生病與過世來得突然，也攪亂了這一家三口的生活。隨著身體快速的變化，心靈上的衝擊也極大，看到媽媽為了照顧外婆，又要兼顧兩個已經與媽媽一樣高的姊妹倆，不捨外婆的驟逝，加上生理規律變化的衝擊，她們漸漸感受到人生的無常與有常。

餐館雖然有楊叔叔的幫忙，仍然是開開停停，在四月底總算是由啟琳重新掌廚而漸漸步入正軌。媽媽如同往常般地忙上忙下，欣德與欣雅的生活似乎又要恢復往常的規律，但是不知道為什麼，感覺就是不一樣，一股低氣壓持續地壟罩著這個餐館。餐館開開停停的同時，街道不遠處多開了一家新的餐館，搶走了不少生意，媽媽看起來更累了，心情也始終相當低沉，姊妹倆知道媽媽是因為外婆的驟逝而大受影響，她們也默默去體會年幼父親去世時媽媽的感受。

心情低沉的姊妹倆之間的話變少了，學校成績也受到影響。欣德在第一次段考成績掉到班上第三名，欣雅也是掉到第四名，這是她們倆過去六年最差的成績。啟琳心中知道現在是她們一家三口要面對的另一個關卡，兩個女兒的成績低落是因為外婆生病、驟逝與生活上的紊亂而成，加上面對餐館生意的清淡，她決定在一個週

末的晚上要跟女兒們說說話。這個晚上啟琳做了這對姊妹最喜歡的滷肉，在拜完外婆與爸爸之後，她對著這一對亭亭玉立的女兒道：

「妳們知道幫我們餐館的楊志學叔叔是媽媽小學同學嗎？」欣德與欣雅同聲應和說：

「知道！」

「楊叔叔對我們很好，我們小時候就認識，經常玩在一起，也是很好的朋友，直到我結婚生子後才較少聯絡。在妳們父親去世，我們搬回來之後，沒結婚的楊叔叔不時地對我們家多有照顧，我們的公寓與店面都是楊叔叔與外婆幫忙找的。」

「外婆與楊叔叔很早就認識，也知道他是一個好人，因此一直鼓勵楊叔叔多接近我們，想撮合楊叔叔與我在一起，這樣我們一家三口的生活就更有保障。」

「楊叔叔是一個好人，他不嫌棄我們，平常會跑來幫忙，從來也不說什麼。」

「直到今年一月時，外婆鼓勵楊叔叔向我求婚，希望我能答應。」

「媽媽妳會答應嗎？」欣德的臉上多了一絲憂愁地問，欣雅也很焦急著想知道媽媽的意願。

「媽媽已經拒絕了！」啟琳的眼淚隨即潸然而下。

「就是因為我對外婆大聲地拒絕吼叫，外婆才中風

的。」啟琳隨即用手帕抹乾眼淚,接著說:

「我只是想跟妳們姊妹好好過這一生,看著妳們健康長大,過著幸福的日子。」

「沒想到卻因一時的情緒失控,而讓時時刻刻為我煩憂的外婆受到刺激而中風。」

「外婆對媽媽的愛與我對妳們的愛是一樣的,但是卻沒想到外婆會因為這樣而生病與去世。」啟琳的一番話讓這母女三人的眼淚潰堤而出,欣德與欣雅抱著媽媽哭泣了起來。

「外婆在最後幾天告訴我,只要我們能好好生活,她就可以含笑九泉。」

「楊叔叔在這段時間不時地幫助我們,餐館靠他的支撐而不至於關門,他是一個好人,我們心中一定要好好感謝他。」欣德與欣雅大約知道媽媽拒絕楊叔叔的意思,也覺得楊叔叔對他們真得很好,因此頻頻點頭附和媽媽對楊叔叔的感謝。

「妳們知道媽媽最在乎的是什麼嗎?」啟琳問道。沒等到一雙女兒的回答,啟琳接著說:

「媽媽最在乎妳們,我希望妳們不管在遇到甚麼樣的困難,都不能失去方向,懷憂喪志,知道嗎!」欣德與欣雅又再度點頭表示知道媽媽的苦心與訓誡。

這個晚上,梅雨季的春雨下個不停,餐館外的行人

稀稀疏疏，對照外婆去世的悲痛，原本就是一個令人斷腸的時節，啟琳的一席話讓欣德與欣雅有了一番很不尋常的體會。

她們深刻體會外婆的愛與媽媽的愛是她們這輩子最大的依靠，她們也知道絕對不能再讓媽媽傷心。雖然滷肉是這一家人最好的美食，但是這一頓飯，讓欣德欣雅有了一股新的力量。隨後的期末考，也是她們倆在小學的最後一次考試，兩個姊妹以年級少數的滿分又再一次地讓全年級同學知道，這對姐妹是果真名不虛傳。

六月的驪歌響起，欣德與欣雅毫不意外地獲頒「縣長獎」的最高榮譽，欣德代表所有畢業生致謝辭，在這個極為榮耀的時刻，家長席中的啟琳默默地擦拭著在眼框中不斷滾落的淚珠。當欣德與欣雅在唱完驪歌後回頭望見拭淚的媽媽時，也忍不下一種無名的悲傷，與同學抱頭哭了起來。

成長，是需要眼淚的催化。

心智超成熟的一對姊妹，在這充滿淚水的一季中，看到烏雲、又見到太陽，她們彷彿看到爸爸就在雲端的陽光深處俯視著她們，她們知道外婆與媽媽對她們的愛是至深至遠的，這給予她們無比的力量，在即將步入中學的青青草原，她們的心中雖然不再飛揚，但卻是另一種踏實，勇敢地面對挑戰。

第六回　媽媽的愛　　029

第七回
課本與工廠

　　經過了一個夏天之後，欣德與欣雅進入國中就讀。一大早兩姐妹穿著嶄新的制服，米黃色的水手服上衣，海軍領的邊緣滾了一圈深色的綠邊，胸前綴著大小適中的同色蝴蝶結，搭配上墨色及膝的百褶裙，兩姐妹瞬間看起來長大了不少，長得極為清秀而端莊的姐妹倆，一起走在路上格外引人注目。啟琳幫兩姐妹打點著上學的大小事，口中忍不住一再叮嚀：「妳們兩個走路上學要小心，欣德要照顧妹妹，欣雅過馬路的時候要看車，記得要手牽手，對於不知名的陌生人要格外提防！」語未畢，欣雅馬上打斷媽媽的話，「知道啦！我們又不是小學生。」

　　啟琳笑著說：「在媽媽心中，妳們雖然已不是小學生，但仍是一個不懂世間險惡的小孩呀！尤其身為女孩子，就是要多一分小心，聽到沒！」

　　媽媽的叮嚀，能恰好而不讓小孩覺得嘮叨的可不是一件容易的事，深知此道的啟琳，即使想點到為止，也不禁多講了幾句。在她心中，還有什麼比這對年幼喪父

的姐妹更重要的事呢！

走在前往學校的路上，九月早晨的空氣不但清爽，還夾帶著一抹說不出的乾淨味道，第一天上學的心情，即使興奮，但是面對能力分班的公佈，姐妹倆還是相當緊張。欣雅卻有不知名的雀躍，向欣德說：「妳想，我們這一次會不會被分到同一班？」

「不知道！如果能在同一班，當然是最好，但是機會很低吧？有那麼多班級！國中真的好大，希望我們能在隔壁班就好了。」欣德看起來真的是比較緊張，一向較理智的她，對於能不能和妹妹同班，只能順其自然。

「小芳，那不是小芳嗎？」欣雅眼尖，告訴欣德，不遠處是姐妹兩共同的小學同學小芳，卻未見她穿制服。

小芳聽到欣雅的呼喚，一見這對姐妹，也靠過來。

「欣雅，今天看起來是妳們國中的開學日，路上行人好多，都是跟妳們穿著一樣的學生。」

「哎！我不再升學了！我現在在紡織廠工作，我爸說女孩子不必唸太多書，就讓我去當女工了，說實在的，我的成績雖然不算很好，但是還是比較想跟大家一樣去唸國中。」

「妳們的制服好好看喔！我不知道穿起來是不是一樣好看？」

欣雅與欣德一時默然，頓時不知道該說什麼，欣雅

的心中浮出課本所畫的工廠樣子，感覺上遙不可及，也覺得相當陌生。

小芳淡淡微笑道：「祝妳們上學愉快，我要去那邊，工廠的巴士會過來載我們，拜拜。」

「小芳再見。」欣雅與欣德異口同聲，對著往另一個方向離去的小芳揮手道別，然後走向一個完全不同的世界。欣德牽起妹妹的手。

「走吧！我們不要遲到了。」

姐妹倆的國中離家沒有很遠，其實就與國小隔一條街，出門莫約走十五分鐘就可到。很快的，大大的校門映入眼簾，圓形的校徽刻鏤在大門口，象徵學校精誠勤愛的精神。學校訓導主任一身壯碩的身形，俐落的平頭與不怒而威的神情，站在校門口精神奕奕地注視著每一位入校的學生，看起來也一併檢查每個學生的服裝儀容，這個姐妹倆早有所聞，所以不會感到驚訝，只是心中仍有一絲的恐懼。這一堆如螞蟻雄兵的學生就在這清爽的早晨魚貫地走入校園，女孩子永遠是耳下三公分的清湯掛麵之固定髮型，男學生則是一貫的三分頭帶著一頂圓盤帽，加上全身卡其色的短褲夏裝，如入聖殿的軍團，稚氣未減的臉蛋卻讓這一點莊嚴的場面顯得格外令人心驚。國中教育，一開始就讓每個學生看來都一個模樣，也都嚴肅了起來。

第七回　課本與工廠　　033

學校入口的左側是腳踏車棚，大道的兩側種了一排杜鵑，每到春天便開滿粉紅色的花緊鄰著大道，而其北側與南側各有三層樓高的教室，男生在南側，女生在北側，中間隔著超級大的花圃與行政大樓。從大樓延伸至南北二側的教室的走廊牆壁，一邊佈滿了學生的書法、畫作與優選作文，一邊則是重要的公告。教室外洗石子的外牆有一點斑駁，似乎透露著建築物的歷史。姐妹倆跟著一堆看起來就像是新生的同學走近這個佈滿公告的長廊，在公佈欄上努力而心急地尋找能力分班的分發公告。

　　在開學之前，學校已經安排了智力測驗，今天開學就會依照之前智力測驗的成績進行能力分班。這屆國中一年級共有二十六個班級，對外說明會依照成績以 S 型平均分配的方式決定學生所在的班級。實際上男生班是分成八個 A 段班與八個 B 段班，女生的十個班級也分成五個 A 段班與五個 B 段班。很明顯的，A 段班的老師會以成績導向為教學目標，科任老師也是特別挑選過的教師。以欣德和欣雅的成績，分在 A 段班不會是問題，公佈的分班結果也一如預期，欣德在一年十九班，欣雅則是在一年十七班，兩人的教室都在北樓的一樓，中間只隔了一間教室。

　　不同於小學開學的心情，新的環境與氣氛讓兩人在

一開始就忐忑不安，但幸好班級內的同學也有部分仍然是小學曾經的同班同學，能在這個新環境遇到熟面孔，總是能讓人在陌生的環境裡找到一絲安全感。即便欣德與欣雅仍然不同班，依然在同學的推舉下，各自成為班上的班級幹部。欣德因為當過國小的市長，直接被老師點名去當班長，欣雅也因為具有一雙人人皆知的飛毛腿，被推舉為體育股長。國中的生活，嚴肅中帶有許多的新奇，生活的秩序與上課的專業度皆較國小時要求更多，好在她們倆本來就是模範生，加上比別人多了一份早熟的智慧，很快的，兩人在同學之間已經贏得好人緣。

　　第一次段考，算是小小的測驗，讓剛升上國一的大家體驗到國中課程與國小課程深度與廣度大不相同的分野。在新的一班中，實質上已集結了鄰近國小成績優異的同學，不管是欣德或是欣雅，在班上的成績排名與小學相較，已經沒有人可以保證是絕對的第一名。欣德或欣雅的段考成績一者為七七二分，一者為七四七分，在八科的考試中，欣德為班上的第一名，欣雅則是第四名，二人的差距主要落在數學上，欣德的數學九十八分，欣雅則是八十五分，不過二人的成績表現仍然在班上名列前矛，這也讓啟琳鬆了一口氣。

　　第一學期才到期中，欣德已經深感升學壓力，滿腦子都是成績與分數，尤其聽到有人在第一次段考分數高

第七回　課本與工廠

達七八五分,她頓時發現真是人外有人,每當考卷發回來,深感壓力的欣德常講的就是。

「我今天英文小考只有九十七分,真糟糕。」

「那我怎麼辦?我今天數學小考只有八十五分。」欣雅的數學科目似乎快成為她的罩門。

啟琳一邊收拾餐館,一邊說:「超過八十分已經不錯了,隔壁王媽媽在 A 段班的兒子聽說一、兩科不及格。妳們要注意的是能維持在班上的排名,不要鬆懈就可以了。」

對於兩個女兒小小年紀就要面對沉重的功課壓力,除了情緒上給予安撫外,啟琳能做的就是支持與鼓勵,她心中其實相當滿意這一對乖女兒的表現。

「為什麼二十二班以後的女生好像都不在乎成績?」欣雅忍不住好奇,每次在外掃區看到二十四班的同學,她們看起來有說有笑,裙子也刻意折短,原本及膝的百褶裙,穿在她們身上,硬是往膝上縮短了近十公分,經過她們身旁,也會聞到一抹奇異的香味,使她感到很不舒服。

「我也不知道,不過妳不要太靠近她們。她們班上的同學會欺負人,聽說有幾個太妹。」欣德與欣雅的外掃區和都與那一個風紀特別差班級相鄰,但欣德的班級導師會提醒班上學生不要太接近 B 段班學生。

或許這一種以成績來區分好學生與壞學生的方式，太過單一。好與壞的定義被成績以二分法來區別之後，成績不好的學生不管用甚麼方式來表現自己，都不會被好好肯定，慢慢地，也只能把精力消耗在與課業無關的事情上，當然不好的事情也就多了起來。對於那一群似乎要被忽略的族群，Ａ段班的導師也只能消極的讓學生們敬而遠之，以避免無謂的困擾。

　　教育落到如此境界，比起小學曾老師對每個學生的肯定與諄諄教誨，實在是很大的諷刺。

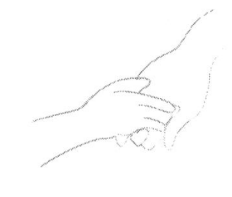

第八回
玫瑰與茉莉
各自的芬芳

　　這一對姐妹升上國二之後，學校又依成績做了第二次的能力分班，不論是男生女生，又在原來的 A 段班群中又濃縮出三個 A 段班以專攻高中聯考的第一志願。這次欣德與欣雅的班級都沒有異動，因為她們的班級就在原訂的三個濃縮的 A 段班之列，只是班上調離了約二十多位同學，也調來了原來在其他 A 段班的二十幾位同學，看起來大家的成績都在一定的水準之上。隨著面對的升學壓力，讓走在上學途中的欣德與欣雅，腳步如同身上的書包逐漸變得沉重。

　　「妳覺得我們要去補習嗎？」欣雅忍不住問了姊姊。

　　「為什麼這麼問？」

　　「因為我的數學和理化老是考不好。」欣雅的語中帶著一抹沮喪。

　　「那我教妳，妳不懂的地方就來問我。」欣德覺得自己是姊姊，教妹妹是理所當然的，況且國中的數理真的比較難。

「不是，課本裡的題目都不難，其實我都會寫，可是遇到考試，我就是寫不出來。」欣雅發現課本裡的都是基本題型，但只會基本觀念的她，面對考試時的變化題型，就是轉不過來。

「我有問我班上的第一名，為什麼她都會寫？她說她去補習班補習，幾乎段考的所有題目她在補習班都作過。」

「可是補習費很貴。」欣德壓著嗓子，一針見血的點出了不補習的重點，兩姐妹都心照不宣，能上學已經是奢求，要是再要求補習，一定會增加媽媽的負擔。因此欣雅也不再多想這個問題了，只能多向姐姐請教，看看是否有效。

欣雅一時分神想起了小學的好友小芳，好久沒遇到小芳了，不知道她在工廠過得好不好？選擇不升學的生活，會不會比較快樂？

對於數理成績欠佳的妹妹，欣德也煩惱起來，她突然想到有人說過許多考試題目在參考書中都找得到，便靈機一動地說：「我們拿零用錢去買參考書，聽說很有用。我們只要買一本就夠了，我們一起做題目，還可以討論。課本上沒有出現過的題目參考書裡都有，我們把參考書裡的題目都做過一遍，我相信考試應該就沒問題了。」

欣雅點點頭，雖然疑慮尚未舒解，但是也似乎有燃起一絲希望。

　　國中的生活幾乎與升學壓力畫上等號，每天下課回家，兩姐妹除了當天學校的作業之外，又額外再做參考書的練習題，剩下的時間其實也只夠吃飯和睡覺。欣雅唯一的休閒娛樂，除了閱讀從學校圖書館借來的小說，就是去餐館幫媽媽煮麵與端盤子，欣德也是一樣，假日若有空閒，就是去餐館幫忙。這一點連常來店裡的楊叔叔都知道，只要不見她們姐妹倆，八成是又要段考了。

　　欣雅雖然數理不太靈光，但是在文史方面特別有造詣。她的想像力似乎較豐富，感情也較充沛，提筆寫的文章比起欣德較為八股文式的作文，更充滿閱讀的魅力。她利用國二升國三的暑假，將自己的一篇得意作品投稿至《國語日報》，初試啼聲就上榜，並獲得了兒童讀物一套作為稿酬，這雖不是什麼大禮物，卻讓欣雅與全家高興了好幾天。只有考試的國中生活，實在填不滿欣雅一顆潛在好動的心，校園中最令她興奮的是一年一度的運動會，除了可以拿下短跑獎牌外，大隊接力也讓她出了不少鋒頭。但是，國中的生活似乎注定的就是會被一次又一次的考試釘牢，而她也要在一次又一次的數學與化學符號中掙脫枷鎖，唯有小說中浪漫、悲憫或異想天開，可以讓欣雅打開這一座窒息溫室的窗戶，向青

第八回　玫瑰與茉莉　各自的芬芳

青草原深深地吸一口氣。

國三，初中的最後一年，每個人就像阿里山的小火車，裝了滿滿的煤炭，準備要駛向那一座大山。進入全力衝刺的階段，升學成了唯一的生活目標，黑板上大大的數字倒數著聯考的日子，兩姊妹生活重心被迫放在不同大考小考之間，情緒與壓力也隨著考試的分數起伏。校內共安排了四次模擬考，五個聯考科目，滿分七百分，欣德的成績總是落在六百四十分上下，欣雅比較不穩定，雖然最好也有六百二十分左右的水準，只是欣雅的數理依然成為她的罩門，一旦失常，成績就掉到五百九十分上下，這樣的成績幾乎上不了第一女中。

在 A 段班，所有人的共同目標就是拼第一志願，在先填志願再考試的制度下，大家的目標其實是一樣的。

「媽媽，老師說校內模擬考的成績要在排名在前五十名，才有可能考上第一志願，我現在校排剛好就在五十名上下。我怕不能跟姊姊一樣考上第一志願！」欣雅憂心的說。

「姊姊的成績比較好，可是妳們不需要比較，除了第一女中，其他學校也很好呀。」

啟琳知道即便是雙胞胎，每個小孩都是獨立的個體，不需要比較，也不需要走一樣的路。她有發覺欣雅的細膩與對文學的興趣，欣德則是數理能力比較優越，

兩姊妹能夠相互陪伴到國中階段，已經足夠了。

　　拿到老師發下來志願卡的當天，也正式宣告了聯考的最後倒數期限。學期結束之後到聯考的這幾天，雖然可以回學校溫書，但兩姊妹選擇留在餐館幫忙，其他時間就在餐館的房間看書，似乎，待在媽媽身邊，情緒上也比較平靜。啟琳心裡也知道，衝刺了一整年，最後這幾天能再溫習多少內容也不重要了，倒不如回歸到平常心，才能真正發揮實力。

　　聯考結束之後，兩姊妹各自懷著不同的心情等待放榜，欣德的心境相對欣雅的忐忑來得篤定許多。欣德迷上了開始流行的校園民歌，大多數時間守在收音機旁聆聽廣播電台的音樂節目，同時手邊從圖書館借來的故事書讓她相當投入，遠遠看起來，帶著眼鏡的她似乎比聯考前還更用功。欣雅雖然也喜歡上了民歌，但是卻整天不見人影，她與同學經常邀約搭公車至台中市區的書局去窩在一個角落，跟著大多數人坐在地上看著一本又一本的小說。這對姐妹雖然在內外略有不同，但是一到傍晚，兩個人都不約而同地回到餐館，一個掃地抹桌子、也幫忙招呼客人，一個幫忙煮麵與洗碗筷，這時候母女三人忙得好不樂乎。只是個性較為外向的欣雅偶爾看起來會浮上一種難得的緊張神情，因為放榜日快到了，而欣雅的成績就在邊緣，大約是五百九十分，遠遠不及欣

德的六百三十分的高分,而據報紙上的估算,台中女中的錄取分數就大概在五百九十分左右。

這一天,也就是放榜的重要日子,雖然榜單會張貼於負責區域考試的台中一中校園,但是十點鐘一到,地方廣播電台會以唱名的方式宣讀聯考榜單。該日,啟琳一家三口選擇留在家中,老早就將收音機開的好大聲,就怕漏掉了重要訊息,三個人緊張得像熱鍋中的螞蟻。不用說,欣雅心中已經到達煎熬的狀態,她真的很擔心自己就差一分而掉到第二志願。幾乎篤定進入第一志願的欣德與媽媽也是相當緊張,理由就怕萬一不幸欣雅沒能考上第一志願,欣雅是否無法承受這樣的打擊,而且這一路相伴的姐妹倆,是否就此走上不同的道路。任憑啟琳自己的如何自我調適與對欣雅的打預防針,三個人就是放鬆不下來,大家對於楊叔叔特別準備的餅乾點心也提不起興趣。

兩姊妹與媽媽窩在陽台上緊張地聽著電台唱名,在台中一中的榜單唱名後即是台中女中的唱名,一小陣子後,第一志願的名單裡終於報出了欣德的名字,卻不見欣雅的名字。三年的努力就在這前後大約十秒鐘的唱名中獲得判決,欣德上了台中女中,欣雅沒上。母女三人眼淚同時落下,大家一起為欣德高興,也為欣雅感到難過。不知多久之後,欣德緩住了欣雅。

「等等，仔細聽聽有沒有妳的名字？」

心情已在谷底的欣雅這時靜了下來，緊握欣德相當濕漉的手心，等著電台廣播唱名第二志願的名單。

「陳欣雅」，電台女主播清亮的聲音在空中唸出了這個名字，再清楚也不過了，欣雅真的以極小的差距與第一女中擦肩而過。欣雅的眼淚沒法止住：「我沒有考上，怎麼辦？我們以後不能一起上學了。」

這是啟琳早已想過最糟的情況，但是這已成事實，即使難過，她必須要極力地控制住這個悲喜交加的場面。啟琳走過來摟住欣雅。

「欣雅，妳雖然沒考上第一女中，但是這的第二志願依然是相當難考的，因為全校只有男女各五班，所有同學的分數都極接近，跟妳一樣都是差一點點。妳和姐姐都考得很好，媽媽很滿意，不需要給自己這麼大的壓力。」

欣雅的眼淚反應了這段時間以來的壓力，欣德的眼淚是疼惜自己的妹妹與即將可能的不同世界。這些都讓啟琳很心疼，但是聯考制度說穿了就是更大規模的能力分班，依著分數將人劃分出高低，但玫瑰與茉莉，各自有各自的芬芳，又怎能區分高低呢？但是這個世界這就是這樣的輪轉，而且始終未曾停歇過。

第八回　玫瑰與茉莉　各自的芬芳　　045

第九回
球場的這一邊
有說不清楚的期待

在升上高中前的暑假,欣雅的小學同學辦了一場同學會。美其名是好久沒碰面了,實際上也是想知道目前大家的近況,順便多聽一下八卦。

會後幾個小女生湊在一起,嘰嘰喳喳的,開心的逛街、看電影。

「欣雅,妳考上的到底是哪間學校?」小芳問。

「我考上的是第二志願,一個超小的新學校,不過最大的福利是男女合校唷!」

「妳好厲害喔!我家隔壁的男同學,一副很厲害的樣子,只上第三志願。」

「其實我也很想上學,可是我爸媽說不可以。」

小芳淡淡的說著,一方面替欣雅開心,一方面也透露著自己的希望。

「為什麼不可以呢?」欣雅不懂,學習是媽媽很重視的事情,所以再怎麼辛苦,媽媽都會讓她和姊姊去唸書。她不能理解為什麼會有父母不讓子女去上學呢?

「我爸在市場賣菜,聽說在我小時候,我們家的生意還相當不錯。那知道市場一經改建,從原來的一層樓變成三層樓,我們的攤位從原本的入口處的好位置變成二樓的爛位置。因為買菜的客人都不想多爬一層樓,爸爸攤位的老客戶幾乎都跑光,使得現在的收入比以前差了好多。我的姐姐和兩個哥哥,他們也都是小學畢業就離開家裡去台北工作了,我沒有離開家裡,是因為我想留下來陪爸爸媽媽。」

小芳其實沒有跟任何人說過有關家裡的事,不知道為什麼,就是想跟欣雅說,或許是放在心裡太久了。

「哥哥姐姐們剛開始工作的時候,還有拿錢回家,可是這幾年,回來的次數少了,拿回家的錢也慢慢減少。我知道我去工廠工作,或許錢不多,但至少可以幫家裡紓解一些經濟的壓力。」

小芳的貼心與對家庭的責任感,表現出超越同齡的成熟,讓欣雅不得不折服;相較之下,她覺得自己真的很幸運,雖然家中經濟不好,但是媽媽會堅持讓她們好好唸書,因為在天上的爸爸也一定是這麼想的。欣雅覺得小芳真是一個令人憐惜的好女孩,順勢牽起小芳的手。

「我本來以為唸書很辛苦,聽妳講完,我才知道去工作也過得不輕鬆。」

欣雅驚覺小芳的手比媽媽的手還粗糙，忍不住驚呼：「小芳，妳的手……」

小芳默默地收回自己的手，手上的大小刻痕、厚繭都是去工廠上班所累積造成的，這是在工廠三年的紀念品，小芳看著自己的雙手：「剛開始會有點痛，因為手被工廠的機器磨到破皮，後來長出厚繭之後，慢慢就不痛了。」

小芳帶著一抹微笑說：「習慣就好。」

其實不只小芳，同齡之中，無法繼續升學的人，其實也不少。透過這次同學會，欣雅發現，小學同學中能考上較理想高中的同學只有十來個人。不少人不是去工作，就是去唸職業學校，為將來的就業做準備。她突然想到以後自己不知道會是做什麼工作，一時發呆了起來。

高中與國中最大的不同就是社團活動，尤其在這個新的男女合校的高中，雖然男生女生分班，教室也隔得老遠，但是青春期的賀爾蒙威力無窮，好奇心只是一個藉口罷了。活潑好體能的欣雅每天放學後會短暫留校打籃球，運動讓欣雅的腦袋更清明、呼吸更順暢，回家後還有力氣繼續幫忙餐館的瑣事。

學校校地面積本來就不大，籃球場就這麼幾個，只分到一面球場的女生，打籃球的人雖然不算少，但是能

第九回　球場的這一邊　有說不清楚的期待　　049

像欣雅這樣具有運動天賦的女生也是鳳毛麟角。其他的球場便是男生的天下了，雖然打球的人數眾多，但是經常出現在球場的卻常是同一批人，看久了，也就變成熟面孔了。

欣雅是出了名的美女，說是校花也不為過，只是欣雅對於不莊重、喜歡打鬧、還喜歡說瞎話的男生敬而遠之，因此與男生保持相當的距離。即使如此，一個有著溫暖陽光笑容的大男孩，有著單眼皮炯炯有神的眼睛，斯文的臉龐、黝黑的膚色與結實的身體仍然令她有一點忍不住會多看一眼。就這樣，欣雅與這位斯文的肌肉男同學不時地四目交接，只是那個男生可能更害羞，四目交接的瞬間，男生的眼神移開得更快，每次的那一個瞬間，心跳加速的欣雅越來越想知道這個男同學是誰，只是她哪敢問，就這樣，她越來越期待每日黃昏的籃球場。是不是在籃球場的這些男女同學們也都是這樣，對於球場的另一邊，有著一種說不清楚的期待。

高中的生活對於欣德與欣雅是截然不同的，相較於欣雅就讀的新學校，具有悠久歷史的第一女中就顯得嚴肅許多。欣德在這個成績高手環伺的女中，即使沒有感受到強大的升學壓力，同學的所有表現與互動與大學聯考緊緊相扣。在即將升高二的學期中，欣德在學校的性向測驗中明顯地在數理與自然科學項目中展現優異的學

習能力與興趣,也因此欣德對於高二時進入自然組就讀頗期待,但是因為鄰居與大多數的女同學皆選社會組,欣德有點舉棋不定:「媽!我唸自然組會不會很奇怪?」

「欣德,楊叔叔昨日告訴我說,他表哥的女兒幾年前從中央大學電機系畢業,現在在中華電信工作,待遇很高,聽說結婚後要去美國留學。因此楊叔叔很鼓勵妳去唸自然組。」

「楊叔叔又說自然組是男生的強項,但是妳的數理成績這麼好,一定沒問題的。」

欣德有如吃下一顆定心丸,總算是下定決心唸自然組。這種問題在欣雅這邊就不存在了,因為欣雅的興趣就在文史科目上,與一般女生相似,因此唸社會組是毫無爭議的。欣雅鍾情於文史,對於自然科學雖不是毫無興趣,但是因為數理較差,因此漸漸排斥自然組的科目。就在即將放暑假的期末考前夕,參加天文社的同學邀請欣雅一起去參加七月分在中央山脈的天文營隊。欣雅對這個營隊沒有太大的興趣,加上費用頗高,欣雅一開始即抱著不去的打算。沒想到這個天文營隊卻讓對自然科學非常有興趣的欣德相當羨慕,但是女中沒這項活動,因此她只好慫恿欣雅一定要去報名參加,算是代表她去,因此她拿出自己所存的零用錢來贊助欣雅,欣雅也就在這半推半就之下報名參加這個天文營。

第十回
山的另一邊
有溫柔的星空

　　升高二的暑假,算是高中生涯最輕鬆的長假,欣雅生平第一次參加一個要離家五天的課外活動。她帶了不少東西,除了換洗衣物外,還要帶雨衣、哨子、手電筒、帽子、一件厚外套與大家幫她準備的零食。疼愛這兩個姐妹如親生的楊叔叔,特別去買了一台新式的相機讓欣雅戴在身上,還擔心欣雅無法趕上清晨出發的遊覽車,親自帶欣雅坐計程車去報到。楊叔叔在離去前還要欣雅先吃一顆暈車藥才願意離開,看到楊叔叔離開的背影,欣雅對於這個經常起身填補她缺乏父愛的叔叔,心中有無窮的感激。

　　由於路途遙遠,加上山路迂迴,暈車藥雖然免去欣雅的暈車痛苦,但是卻讓欣雅在一整天的乘車中昏昏沉沉,直到車子進入一個位於山谷的綠色山莊前方才醒來。山莊建立在溪畔,溪水不深,但是溪流湍急,溪水聲音幾乎響徹整個山谷。欣雅一下車馬上感覺到清新的空氣與異常湛藍的天空,與平地所見相當不一樣,整個

人舒暢起來。

這個天文營有十兩個男生與八個女生，欣雅在晚上的編組中發現籃球場上那個讓她心跳加速的男生也被編在儀器組中，她忍不住去看了他的名牌，才知道他的名字叫張敬友。

敬友與欣雅同一屆，家住在台中市，因為對天文學非常有興趣，是天文社高一的重點栽培對象，頗獲學長與指導老師的喜愛。敬友是一個謙謙君子類型的年輕學生，對女生非常羞怯，因此在吃晚飯時與女同學經常保持距離，只是偶爾敬友的眼光會不由自主地飄向欣雅，當正好欣雅也看往敬友時，四目的交會總會讓兩人心中一震。

營隊中白天的活動多是天文課程與健行活動，晚上才是精彩的重點。天文營特別選擇在夏天農曆的初一附近，用意就在於躲開農曆十五的滿月，否則天空一輪明亮的滿月，就真的什麼也看不到了。白天的課程實在讓欣雅迷迷糊糊的，欣雅的學習成效普遍落後於其他人，主要是其他同學本是天文愛好者，當然天文知識本來就有一定水準。欣雅是為了替代姐姐而來，反而成為全營隊最無知的隊員，對自己格外的無知，心中不免有點後悔參加這個營隊。只是下午的山區健走又讓她成為整個營隊的體能王，也因為欣雅夠勤快，可以幫營隊背點器

材，人緣還不錯。

這一天的下午，全體步行至山坡上的觀星區，該處的視野極佳，同時也是露營烤肉區。這個晚上有此次營隊的重點，觀星烤肉大會。因為昨日天空烏雲較多，本該是滿天星的山裡，只有幾顆一會出來、一會又不見的星星，所以營隊幹部索性叫大家回房間休息，欣雅也度過一個不知所云的一個晚上。但是這一天就不同了，因為氣象報告預測將是萬里無雲的一個晚上，所以大家都非常期待。

欣雅將身上背負的望遠鏡零件交給了負責組裝的敬友，因沒事做，只好看著敬友辛苦又熟練地組裝起一個複雜的天文望遠鏡。由於天暗得快，敬友還沒來得及架設好望遠鏡，只好請欣雅拿著手電筒協助照明，欣雅看著專注於機械調整的敬友，很是佩服，但是覺得為什麼一支望遠鏡要如此麻煩呢？正在納悶的時候，敬友突然間開口：「妳為什麼來參加天文營？看起來妳好像不是那麼有興趣！」

「我是沒太大興趣，但是我在女中的姐姐很有興趣，所以她請我來，這樣行不行！？」

「那妳就要好好地看呀！這樣回去才能讓姊姊知道妳到底看到了什麼！」

欣雅有點不高興了，因為她看到什麼與這個同學何

干呢？況且來了二三天了，也沒多看到什麼。

敬友似乎感到欣雅有點委屈，有點受傷，而他自己也有點無禮，就指著天空：「陳欣雅，妳把頭抬起來往上看！」

欣雅覺得疑惑，但是還是抬頭看了一眼，隨即大喊一聲：「哇！」

敬友得意地告訴欣雅：「是不是滿天星？」

欣雅被滿天的星空嚇到，她從來不知道，天空有這麼多明亮的星星。

「往左下角一點看，要看久一點，妳會看到流星！」

欣雅跟著移動視角，隨即又叫了一聲。

「流星，又一顆流星，……好多流星呀！」

得意忘形的敬友，已不再是羞澀的大男孩，不知哪來的勇氣，直接用雙手將欣雅的雙肩轉了一下。

「看！前面上方有一條長長的亮帶，那是銀河系！」

「我看到了早上老師講的銀河系，哇！我一定要帶姊姊一起來看，好神奇耶！」

敬友總算調好望遠鏡，這次又抓著欣雅的小手臂。

「來吧！看看土星環與衛星。」當然，欣雅又再次地開了眼界，書上的照片居然在她的眼睛前方真實地出現，後面的敬友，更是讓她心中的玫瑰，悄悄地綻放。

當天的觀星烤肉活動，欣雅心中悸動不停歇，她很

想立即分享這滿天的星空給山下的姐姐,卻也想獨享她與敬友的夜空。二千多公尺山上的夜空即使是夏天,也寒意逼人,但是在營火邊取暖的敬友與欣雅的血液卻因天空而澎湃。

欣雅對於星空的天文奇觀嘆為觀止,她成為了天文營裡最激動的大女孩,一直仰望天空、數流星,嘴巴上的食物其實都是敬友拿給她的。其他的隊友早已熟悉這樣的星空,反而在營火堆邊大啖美食,烤肉嬉戲,這才是他們的重點。

在這個激情夜空快要落幕之時,敬友告訴仍然激動的欣雅:「今天這種星空雖然美麗,但是我更想看另一個奇觀。」

「你是不是要看月亮上的嫦娥呀!」欣雅開個玩笑,因為哪還有什麼比這個更有趣、更好看的?

「妳在說什麼!我想看的是極光,不過這個要到北極或阿拉斯加才看得到。」

敬友只好詳細解釋了極光的原理給這個對天文還是一知半解的心儀女孩,他要讓這個女孩知道,變幻的極光才是太陽系裡真正的天文饗宴。欣雅相當地佩服眼前這位男孩,只不過聽說極光要到很遠的地方才看得到,心想自己恐怕一輩子都沒機會,只好說:「如果你要去,有多餘的錢又沒伴,不要忘了要帶我去喲,否則我

第十回 山的另一邊有溫柔的星空

想我是去不了的！」

沒想到敬友卻說：「我會帶妳去的，把手給我！」然後敬友抓起欣雅的右手，跟她擊掌，欣雅簡直快暈了⋯⋯

經過了天文營，天空的星星之於欣雅，第一次有了不一樣的意義。陰陰冷冷的天氣，欣雅遲到了十五分鐘，敬友沒有生氣，與濕冷的天氣不同，他給了欣雅一個溫暖如陽光的笑容。

台中市自是敬友的地盤，他帶著欣雅走往咖啡館吃早餐，點了各自要的食物落座之後，欣雅發現他今天穿著藍色襯衫，袖子往上捲兩層，休閒中帶點率性，乾淨又懂得打點自己，是讓人感覺很舒服的男伴。

這是一個悠閒的早餐時光，兩人輕鬆的聊著天，沒有冷場。欣雅宜動宜靜的特質，深深吸引著敬友。談到關於愛情的話題，讓欣雅訝異的地方是，如何可以不給對方壓力的情形下，去討論這個話題。

「怎樣算是在一起呢？」欣雅問。如果不用開始的言語，那怎樣才是曖昧的盡頭呢？

「嗯，這我也不知道，但是我想牽手就可以算是在一起了吧，我們還年輕。」敬友想了又想，還是擠出了一個答案，也很簡單，也似乎有道理。

敬友的回答雖然讓她自己不是很滿意，但卻讓欣雅

有一種安定的感覺,她從敬友慎重的態度中知道,敬友此時是屬於她自己一個人的。

欣雅與敬友相約吃早餐的另一個目的,是在早餐後,一起牽手去火車站旁大型書店去看書;此書並非是學校的教科書,而是書架上琳瑯滿目的小說,這是欣雅的最愛。敬友則是獨鍾於科學類的雜誌,或是最近大家都在看的金庸小說。

帶欣雅去書局,其實不是好選擇,因為欣雅很喜歡課外書,到了書局,如果不緊緊黏住欣雅,欣雅會不知不覺往小說專區走去,然後黏在某一本書上,忘記身邊的同伴。

今天,欣雅很努力的不要冷落身邊的敬友。

「敬友,你看過《未央歌》嗎?」

「有呀!這部小說很精采,我可是花了暑假整整一個禮拜才看完的。」敬友回答。

「那你喜不喜歡裡面的人物?」欣雅問。

「當然,裡面的人物,每個都很喜歡,他們在那樣艱困的時代下,醞釀的友情與愛情,給我很深刻的感受。」敬友看起來真的非常喜歡這部小說。

「我喜歡小童的純真與大余認真的態度。」欣雅看著敬友的眼睛。

「我也喜歡他們,但妳就像是我的藺燕梅。」敬友

也看著欣雅。欣雅紅著臉。

「我哪比得上藺燕梅？她是一個大小姐耶！雖然很純真可愛。」

「那妳不會就把我當小童即可！」敬友認為這樣子就平衡了。欣雅也覺得有道理，因為小童與藺燕梅最後應該是會成為連理的，欣雅雖不敢想太遠，但是她也期盼以後能與敬友終成連理。

回家之後，欣雅忍不住跟欣德分享：「姊姊，我今天和敬友去吃早餐和逛書局。我們談到《未央歌》，結果他也喜歡這本小說。」

「原來男生也喜歡這個小說，妳們男女合校真好，我們全校都是女生，想找個可以談天的男生都沒辦法，男生在想什麼，過什樣的生活，我實在無法想像，只能想像小童與大余這樣好的男生是什麼樣子。」欣德忍不住調侃妹妹，但也關心的問：「敬友是個怎樣的人？」

「他很風趣、很健談，籃球也打得很好，熱愛天文，功課也不錯。」

「妳喜歡他嗎？」

欣雅微微地點了頭，臉紅了。

很快的，高中的第兩個聖誕節。欣雅不知道和敬友之間的情愫到底是什麼？或許是從天文營開始，欣雅習慣在夜空裡尋找月亮，心很慌的時候，看著月亮也尋著

閃爍的星星，一顆茫然的心就慢慢安定了下來。那樣溫柔的光芒，卻能夠明亮整個夜空。

聖誕節的前一天，敬友陪著欣雅走在國際街上，萬家燈火，他引領著她，在彎彎曲曲的小巷子裡繞呀繞，在一家飾品店前停了下來，欣雅挑選著小飾品，一個轉身，卻不見敬友在身邊。她慌了，心慌的感覺彷彿是失去，小小的巷子裡看不見月亮，短短的幾分鐘卻恍如一個世紀般漫長，她不敢走開，卻害怕這樣的等待，等待不知去向的人，等待不知何時結束，像是被遺棄的孩子。

越是心慌，她越刻意掩飾，直到看見敬友從另一頭走來，她的心才如釋重負。敬友手中，拿出一張相當精緻而漂亮的聖誕卡片，上面除了有不能免俗的積雪的溫暖小屋與聖誕老人外，更奇特的是，天空居然有銀河系！原來敬友失蹤好幾分鐘，竟是因為找到了這張聖誕卡，並在裡面寫著：

「給最可愛善良的霧峰藺燕梅！聖誕快樂！妳的台中小童。」

第十一回
大學聯考

　　沉醉在初戀情懷的欣雅與敬友並未被一時的賀爾蒙沖昏了頭，在強大的升學壓力下，倆人只要有空，經常是學校圖書館的常客。這與欣德大異其趣，不像國中時，必須與妹妹一起唸書，還偶爾得教教數學不太輪轉的妹妹。現在她早已火力全開，尤其擅長的理工科目，她在女中的對手並不多。週日的欣德早上專心在家唸書，下午跟從學校回家的欣雅一起去店裡幫忙，這可說是她們母女三人每週最重要的時刻，雖然店裡照樣做生意，客人也沒比較少，但是三人的世界就在這樣的氛圍與默契下，成了一個特殊的家庭時間。週日的晚上，媽媽並沒有要休息，因為二姊妹即將上大學，預期會有一筆不小的開支，媽媽心裡有數，她必須要撐住，不能讓姊妹倆受委屈。

　　時間剛過七點，客人已寥寥無幾，一個大男孩到店裡來，跟媽媽點了一個炸醬麵，媽媽直覺這個高中男孩真有禮貌，她輕聲向正在洗碗的欣德說。

　　「這個男生妳認識嗎？」

欣德看了一下,直覺她可能是欣雅的同學,趕快去叫在樓上整理東西的欣雅。欣雅下樓一看,正是敬友,她二話不說,跑去敬友旁說:「你怎麼跑到我家來?」

敬友一股腦兒低頭吃麵,欣德與媽媽好奇到底發生什麼事,欣德當然知道這八成是欣雅的男朋友。

「張敬友!」直見欣雅已經快失控了,因為接下來她不知如何跟媽媽介紹這個親愛的男同學。

「妳先別急,我幫妳把妳遺忘在圖書館的筆記帶給妳,怕妳明天考試要用。」

欣德見狀,趕快幫妹妹解圍。

「你是不是敬友啊?」

「欣雅常提到你,說你在學校很照顧她。」

敬友不好意思,趕快站起來向欣德點個頭

「是的,我是張敬友,是欣雅的好朋友,天文社的。」

接著轉身向啟琳再點個頭,喊了一聲:「陳媽媽好!」

啟琳被這個突發狀況搞得有點混亂,但是聽到欣德與他的對話後,也就放心許多。啟琳接著說:「你是欣雅的同學,怎不早說;欣雅,不能對人家沒禮貌!」

欣德為了解救妹妹,趁機請教敬友天文的知識,讓欣雅能在一旁調整一下心情。欣雅接過筆記,轉身跟媽

媽說明,這個男同學是來送筆記的,他是學校很要好的同學,今天早上一起在學校圖書館看書。啟琳當然心裡有數,這位八成就是欣雅的男朋友,居然跑到霧峰來,女兒真的已經長大,連追求者都上門了。

「敬友,你坐公車來的吧!要坐蠻久的。」啟琳過來關切。

「是的,陳媽媽,我跟欣雅早上在學校圖書館唸書,她十一點半就離開,我約五點要走時才發現她的筆記本沒帶走,左想右想,就搭公車來霧峰,找了一下。因為肚子也餓了,所以就直接跟您點了碗麵。」

「來!陳媽媽幫你加個菜。」,隨即作勢叫欣雅去夾一盤小菜與一顆滷蛋。

敬友的出現,讓啟琳心中從慌亂到篤定,她覺得小孩的長大交友是必然的事情,好在敬友相貌堂堂,做人看來也頗正直,加上欣德也稱讚有加。這個晚上,欣雅雖然氣敬友是個冒失鬼,沒講就跑來家裡,讓她心裡完全沒準備。還好姊姊化解了剛開始的尷尬,加上又對敬友推崇備至,媽媽居然說以後週日可以傍晚再回店裡來即可,算是一個小收穫。不過欣雅認為週日下午本來就是她們家的家庭日,所以她跟媽媽講,家庭日最重要,敬友只是一個比普通朋友再好一點的朋友,反正在學校天天都見得到面。

敬友是一個相當用功的學生，成績在學校理工組排名前二十名，大概可以考上頂尖的大學；欣雅也不賴，在三十多名，以文科而言，剛好在私立與國立大學之間。在那個時代，理工科系的大學錄取率約在百分之二十五左右，文法商組的更低到百分之二十不到，能夠考上大學即是一件光榮的事，更何況是頂尖大學。

　　三年一到，所有明星高中的學生全部要在聯考比一個高下，隨即而來的就是志願的選填與就學。

　　因為不眠不休的苦讀，欣雅與欣德二人臉上冒出許多小痘痘，楊叔叔說這是火氣大，每天都端來一些親做的湯飲幫兩姊妹降火氣，兩個姊妹愛得很，連媽媽也跑來做勢要搶他們的湯品。楊叔叔每次來的時候，啟琳就會為楊叔叔特別煮一碗專屬的麵，據楊叔叔講，這是一碗他吃了十二年的麵，百吃不厭，當然這是免費的，其實他們就像是一家人。

　　「啟琳，我週一來載妳，早上八點！」楊叔叔提醒啟琳。

　　「喔！楊叔叔你要跟媽媽去約會？」

　　「不要亂講，楊叔叔是要載我去醫院，我最近經常頭昏昏的，楊叔叔有一個朋友剛好是這一科的專業醫生，楊叔叔特別去幫我約了門診。」啟琳趕快說明，不過他跟楊叔叔已經不像一般的朋友，而像是一對摯友，

就僅次於夫妻的關係。欣德與欣雅稍一驚，感覺到媽媽的身體有恙，但心想有楊叔叔在，媽媽應該是沒事的。

　　七月初的聯考結束後，兩個姊妹已經跳脫了巨大的壓力，但是在成績單沒收到之前，說沒壓力是假的。大學聯考共考六科，不管組別，共同科目是國文、英文與三民主義，欣德的理工科系的三科是數學甲、物理、化學，欣雅的文科是數學乙、歷史、地理。欣德考完，在核對解答後，認為自己的分數應該在四百二十分上下，有機會錄取前三志願。欣雅的則是在三百三十分到三百四十分之間，正好是國立大學與私立大學的邊界。楊叔叔對此心中頗憂慮，因為他知道萬一欣雅考到私立大學，已經被診斷出高血壓的啟琳身體可能撐不住龐大的學費壓力。從事電器買賣楊叔叔已經悄悄地想了一些方法，希望到時能夠幫助啟琳一家人。

　　七月二十日是公告寄送成績單的一日，照理說應該會在七月二十一日收到成績單，但是過去的經驗是會提早一日到達，所以恰逢週六的這一天，包括啟琳一家三人，中午過後即早早打烊，緊張地等著郵差。

　　啟琳聽到楊叔叔從遠處跑過來的呼喚聲。

　　「郵差來了！再三分鐘左右會送到我們這裡，我看到阿祥的兒子收到成績單了，阿祥也是緊張得不得了。」

　　緊張的氣氛在郵差於啟琳的餐廳停下來達到高點，

啟琳接過兩封成績單，一封交給欣德，一封交給欣雅。欣德並沒有打開成績單，所以大家共同注視著欣雅，欣雅看到自己的成績高於自己的預估，大喊一聲：「我考了三百四十三點八二分，國文作文的分數比我想像中高。」

　　啟琳鬆了一口氣，楊叔叔作勢叫欣德趕快打開信封，只見欣德從容地看了成績，然後不急不徐地說：「我考了四百四十一點二五分，國文中的作文也比我想像中高。」其實她是故意報低預估分數，以免妹妹與她的分數落差太大。

　　楊叔叔抓著啟琳的手，又跳又叫的說。

　　「欣德這樣是不是已經算是狀元了？」

　　的確，在理工科系中，公布的資料顯示，欣德的成績名列該組的全國前十名之列，這個成績在這個鄉間，當然是一件大事了，所以欣德這個學霸的名聲立刻傳遍這個不大不小的霧峰鎮。之後幾天，啟琳的店裡，不斷有鄰居與老客戶前來道賀，里長還跑來放鞭炮，啟琳怪起楊叔叔到處宣傳，讓她非常不好意思。

第十二回
分離與抉擇

　　這一天，啟琳與楊叔叔的共同同學阿祥來到啟琳的餐廳，他說：「妳們家欣德真的很厲害，將幾萬個男生比下去，女生在自然組考到這麼高分，真的很少見，我兒子說他們一中裡他沒聽到有比欣德的分數高的。」

　　啟琳問起阿祥：「你兒子也很優秀，國小也是縣長獎畢業，以前就他與欣德是小學成績最優的幾個，聽說他考得也不錯？」

　　「當然沒妳的女兒好，不過也不錯啦！」阿祥神情倒也挺愉快的。

　　「我兒子考了三百九十分左右，他查了一下，理工科總排名約五百五十到六百名間，應該進不了前五志願，因我兒子一心想唸電機類的科系，所以應該是會去唸交大。」

　　阿祥還是很滿意兒子的成績，接著說：

　　「唸交大還有一個好處，就是生活費很低，聽說學校很照顧學生，一個月的餐費一千二百元就夠了，吃飯是由學校統一打理的，聽說全國除了軍校外，這一間學

校是最照顧學生的。」

啟琳對交大真的不熟悉,她還以為交通大學是培育交通警察的學校呢。晚上,一家三人在家裡討論填志願的問題,啟琳請欣德說說她填的志願,欣德似乎早有準備。

「媽!我要唸交大。」

欣雅嚇了一跳,脫口而出:

「姐姐,妳明明可以唸台大第一志願的!」

「交大也很好呀!聽學姊講,那邊男生多,女生很少,因此很受保護,生活費低,所以我想去唸交大。」

啟琳接口:「欣德,我知道妳很孝順,知道家中經濟不怎樣,但是家中供得起妳唸台大第一志願。」

「媽!唸台大交大都很好,交大電子很有名,大家都說比台大電機還厲害,也有一堆分數上得了台大第一志願的考生選擇交大電子,我有幾個要好的同學也要唸交大,我們上同一個學校,會互相照顧,所以我真的想唸交大。」

啟琳怎會不知道欣德是為了減少家中的負擔而棄台大選交大,但她對這兩個學校實在也沒什麼概念,只是聽到欣德有幾個好同學要唸交大,她也只好順從欣德。接著欣雅的狀況就較為複雜了,欣雅為了填志願,與敬友討論過,她也早準備好了。

「媽！我的分數雖然可以上國立大學，但是上不了這些大學的外文系，按照分數的落點來看，我最可能上的學校就是彰師大、東海、輔大外文系。」

「媽！對不起，我實力不夠，可能沒辦法上國立大學，但是我可以半工半讀，還有，我會將東海填在前面，這樣我就可住家裡。」

啟琳對二位懂事的小孩非常感到欣慰。最後放榜，欣德以超越第一志願的成績上了交大電子系，並獲得了第一志願獎學金，還可以免學費；欣雅則是不意外地上了東海外文系。其實沒有考上國立大學的欣雅，成績還是相當傑出的，整個鎮上已知的文科學生中，也只有幾個考得上頂尖的國立大學。社會組的競爭比自然組還激烈，這是因為女生幾乎一面倒地唸社會組，能考上著名私立大學的外文系，已是相當傑出的表現。

但是欣雅的心中卻是相當複雜，其一是她將與姊姊分離，其二是她從楊叔叔那兒聽到媽媽有高血壓，在強大的學費壓力下，她不知道媽媽是否還撐得住，尤其姐姐為了家中經濟，居然不唸第一志願。敬友對此非常驚訝，但是也能理解，孝順的欣德是為了舒緩媽媽的壓力。

敬友的聯考成績也不出意外，上了南部成功大學的機械系，這也代表他必須跟欣雅分開二地。對於這兩個

新鮮人，的確是一個大困擾。

即將到來的十月，等男生從成功嶺受訓下來後，將是大學新鮮人報到的時間。因為欣德必須遠赴新竹，楊叔叔特別幫忙張羅了床單與盥洗用具還硬拉著欣德去台中市區買了幾套衣服，因聽說新竹風大，就都買褲裝。欣德看起來很篤定，也謝謝楊叔叔，其實她與欣雅私下都叫楊叔叔為楊爸爸，楊叔叔也真的把她們當作自己的女兒。

這一天是欣德去交大的報到日，因啟琳堅持要送欣德去交大，楊叔叔也一併前去，一者是捨不得欣德，一者是怕啟琳的身體經不起舟車勞累。欣雅是同一天報到，因就在同縣市，所以只有自己一人前往。

啟琳母女在楊叔叔的協助下，很順利地看著欣德融入交大的校園，看著她有數個高中同學在同一個宿舍，也就放心了，不過在校園真的沒看到幾個女生。欣德的入學成績是獲得學校的第一志願獎學金，高分引起校方的注意，系上負責的老師來跟啟琳說明，系上對於頂尖的學生會有一套栽培的方法。

啟琳在晚間與楊叔叔回到店裡，但是啟琳犯了暈眩的毛病，癱軟在餐廳的躺椅上，楊叔叔在旁邊張羅茶水，讓啟琳好好歇息。

敬友錄取的學校的報到時間晚了一天，因此，這一

天頂著三分頭的敬友陪欣雅報到後即一起在市區用餐。欣雅說著說著，眼淚從一對大眼睛滑落，她心中很亂，因為媽媽身體不好，姐姐做了犧牲放棄去台大，而敬友也將離開台中去南部，她似乎在聯考後，面臨了一個人生的難點。

　　敬友當然知道欣雅的心情，自己沒能力幫上什麼忙，也很捨不得與欣雅分開二地，但這個是成長的陣痛，他相信只要他跟欣雅彼此深愛對方，相隔二地不是問題。與敬友依依不捨的欣雅，給了敬友一個深切的擁抱，敬友在欣雅的耳朵旁輕聲：「想我的時候，就看看天空的星星，他們就像我在對妳眨眼睛。」

　　欣雅在他臉上輕輕地親了一下，敬友隨即陪欣雅坐公車回到霧峰，難分難捨的一對小戀人就此分隔二地。

　　回到店裡的欣雅，看到在一旁張羅的楊叔叔，方知媽媽因過於勞累而昏眩，好在楊叔叔說媽媽的症狀是因勞累而成，並非什麼大病，只是可能有不定時再犯的可能性，得小心有摔跤的疑慮，這才是最危險之處。

　　楊叔叔要啟琳休息幾天不要營業，他可以支撐啟琳一家的開支，啟琳當然不願意這樣拖累楊叔叔，但是情勢比人強，這些都看在欣雅的眼裡。

　　欣雅想到，小時候去爸爸墳前時，媽媽就說要用一輩子的力量來守候這個家庭，養育一對姊妹；媽媽真的

做到了,但是也病倒了。欣雅的心中想起了小芳,她連國中都沒法唸,而自己呢,無憂無慮地唸到高中,也考進很好的科系,她真的太幸福了。小芳可以,為什麼我不行,她下定了決心要與母親一起來守候這個家。由於現在正面臨關鍵時刻,因此她開始認真考慮是否要先休學來幫媽媽顧店,或者明年再去考夜間部以減輕家中的負擔。當她下了這個決心之後,她突然好像看到天上的父親,她知道唯有她的犧牲才能讓媽媽休息,讓姐姐安心唸書,她心意已決,心中反而更為篤定。

第十三回
風城的饗宴

　　欣雅在讀了兩週的大學，看到系上一大堆新生的活動，因惦記著家中情況，實在沒辦法融入這些活動。雖然敬友相當關切，但欣雅執意要休學，一方面不想去參加那些課外活動，更重要的是要在家幫忙媽媽；雖然啟琳也不願欣雅為這個家庭犧牲自己的前途，但是迫於家中目前的情勢與欣雅的堅持，也只好如此。欣德是在一個月後第一次返家時才知道欣雅休學，對於欣雅為家庭犧牲，欣德禁不住對妹妹的愧疚與疼惜，大哭了一場，心中的壓力真是無比的巨大。啟琳要欣德只要專心唸書就好，這樣才對得起妹妹的犧牲。欣雅則拿出天文營的過往，說這一次是要欣德幫她去體會頂尖大學的生活，而且一定要回來講給她聽，而她自己明年也會去考夜間部，以後一樣是個大學生。

　　欣德本是樂觀篤定的人，但是再樂觀再篤定，實在也不應該在十八歲的青春年華去承受這樣的巨大壓力。

　　欣德的超高入學成績，在班上第一次上課時就被老師點名，班上六十位同學中共有十二位的成績可以上第

一志願,而欣德是班上第一名,也是全校第一名。這一年交大電子在聯考是理工組的第三志願,也是交大校園中的第一志願,大家只要聽到電子系,心中都會敬畏三分。交大的第二志願在全國排第七,其他與電相關的科系多是在十到二十五之間,因此同學之間差距不大。這個只有理工科系的學校,聯考的總平均成績是全國第一,可見素質之整齊,與一牆之隔的清大互為瑜亮,兩校學生整體的素質都不輸給台大。

欣德的高度自律與家中壓力讓她在學習上,比起高中時代還更努力,當許多大學生一上大學就開始鬼混時,欣德的成績已是一枝獨秀,深得老師們的喜愛,也受到同學的尊敬。交大的大學校區,女生只能以稀有動物來形容。住在竹軒的女同學大一剛來時還真的有點拘謹,因為到處都是男生;不過,慢慢地就適應了,通常女生會受到較多的特殊待遇,尤其是漂亮的女生。

星期五這一天,中午下課後,大夥一起往竹湖旁邊的第一餐廳前進。每個人,男生女生都一樣,心情特別好,因為今天的午餐是每月的加菜時間。交大的伙食共分二種,以月票的形式購買,一種是有早餐,一個月要一千二百元;一種是沒早餐,一個月只要一千元。阿祥叔叔講得沒錯,這真是全國生活費最低的學校,每個月還會因為經費有剩餘而舉辦加菜日,聽說許多清大的同

學也跑來買月票，交大校方則是睜一隻眼、閉一隻眼。

欣德與一群女同學走得略慢，剛進餐廳時，餐廳已是烏鴉鴉一片，同學們大排長龍地拿著不鏽鋼餐盤去給餐廳阿姨盛食物。看起來，有一隻大雞腿、一個大排骨、還有一個很大的肉丸子。同行的同學小芬看到遠處的阿成對她揮手，示意要她們來這邊坐。阿成是小芬在高中時期的男朋友，兩個都是台北市人，分分合合幾次，現在依然是男女朋友關係。在阿成與小芬的協助下，一行三個女生總算找到位置，阿成則叫原來坐在這裡的三個男生讓座去其他地方找同學合桌。欣德當然也認識阿成，他是電子物理系的同學，聽小芬說她一心想唸台大物理，不料聯考一個小失常，就來到交大。腦袋機靈、口齒伶俐的阿成看起來就很像是一個萬事通，什麼都行，有什問題找他就對了。小芬對欣德說阿成就是太愛打球，什麼球都打，才從台大打到交大來；欣德愣了一下，因為她本來也可上台大電機，考量家庭經濟而選擇交大。

「不要再念我愛打球了，我是為妳才特別多錯一題的，我們一起上交大，我這樣才能守在妳身邊；妳看這裡同學個個都很強，我若不近水樓台，妳應該撐不了一個禮拜。」阿成的講話著實超過欣德的想像，可是聽小芬講過，她最佩服阿成的地方，就是外表看起來浮浮

的，但是內心極為細膩，而且心地善良。

阿成示意小芬趕快跟同學去盛菜。

欣德早就聽過這位聲名遠播的阿成，是一個滔滔不絕，很風趣的同學，看來所言不假。別看阿成身高一七零公分不到，看起來不壯碩的體型，但是他卻是學校羽球、網球雙棲校隊隊員，聽說本來還想加入棒球校隊，只是這樣根本沒空唸書才作罷。阿成對小芬非常照顧，週五與小芬一起回台北，週日又與小芬一起回學校。有一次，阿成居然在竹軒門口拿吉他唱歌，要小芬下來吃生日蛋糕，搞得全校皆知小芬是阿成的女友，所以阿成說他故意跟著小芬來交大唸書，還煞有其事。

欣德與小芬三位同學端了一盤菜回來時，阿成不知道跑去哪兒，餐盤內肉丸只吃一半。小芬跟欣德說，別管他，一定是有高中同學來找他，他朋友超多的，如果妳在餐廳內看到他與清華的同學用餐，也不要驚訝，總之，他是個大忙人。沒多久，阿成走回餐廳，邊走邊用手帕擦嘴。小芬見狀：

「阿成，你是不是跑去偷吃同學的雞腿？」

「什麼叫偷吃雞腿，我是正大光明的吃，那一邊的每桌都會有同學願意獻上他們的雞腿；小芬，要不要我去找幾根雞腿或排骨給妳們？不過大肉丸不好吃，又肥，能不吃就不要吃！」阿成一臉奇怪的表情。

小芬看到這個瘋瘋癲癲的男友，就示意要欣德等人不要理他。

阿成又說：「妳們幾個人知不知道，我們這一屆女生排名已經出來了！」

三個女生一頭霧水，小芬劈頭就說：「誰不知道欣德是全校分數最高的，我們電子系的當然在最前面。」

阿成說：「妳很好笑，誰在管聯考成績，這個是顏值排名，整屆五十幾個女同學排出前三十名，後面二十幾個，出於慈悲之心，……」

三個女生差一點沒吐出來，男生學校真無聊，連這個都有排名。

「是誰排的？」

「不要管誰排的，妳們排第幾才是重點！」

小芬瞪大眼睛，要阿成趕快講。

「好吧！小芬妳排第八，但是在我心中，妳是永遠的第一，即使妳穿得像男生一樣。」

阿成先買了保險再說。小芬倒是急了。

「還有呢？」

「欣德排第三，妳們班上的五個女生居然每個都上榜！」

「那第一是誰？」

「聽說前三名不分軒輊，但最後是以裙子的長度論

輸贏。」

「太不公平了,欣德幾乎不穿裙子的,新竹風這麼大,神經病才穿裙子,你們男生水準真低,還有這樣排名的。」

「妳小聲點好嗎?縱使妳是我的女朋友,也不要這麼大聲罵人,不過他們眼睛真是有問題,原先居然把妳排在第十八名,說妳是死會,排名低一點沒關係,我去爭了一下,總算排到應有的位置。」

「你不是說我在你心中是第一名的嗎?還第八名咧!」小芬看阿成言多必失,逮到機會要修理一下。

有阿成在的場合,嘻嘻哈哈、吵吵鬧鬧,時間一下就過去了。待三個女生都吃完飯,阿成總算鬆了口氣,他要三個女生坐好,他要宣布今天最恐怖的事。

「阿成,你不要嚇人,什麼恐怖大事?」小芬相信絕對有事。

「剛剛我去外面水龍頭處漱口,妳們知道發生什麼事?」

三個女生面面相覷,不知這個阿成還要講什麼。但是小芬知道,看似瘋瘋癲癲的男友,腦袋可是非常清楚的。

「大肉丸內有蟑螂!」

三個女生同時跳起來,六隻眼睛同時盯著阿成。

「妳們看這裡,是不是有蟑螂腿?」

「我在吃大肉丸時,覺得怪怪的,有點辣,有異物感,就吐出來看看,這邊是部分的蟑螂屍體,我大概將它的頭吞進去了。」

「好噁心!你怎麼現在才講?」小芬一臉驚恐。

「我若早講,妳們吃得下去?」

「所以我才對妳們洩漏排名的,目的就是轉移注意力,免得妳們看到蟑螂腿。」

驚魂未定的三個女生,這時才明白,阿成真是一個心思細膩的才子,難怪小芬私底下對這個男友讚譽有加。

「欣德,我看妳的追求者一定很多,可能學長會追得更兇;小芬,妳得要好好保護一下這個同學!」阿成煞有其事地說。

「欣德,有什麼人看中意,馬上告訴我,我叫阿成去打聽。」小芬也學會了阿成的霸氣。

欣德這一下臉紅了,來到交大這兩個月,的確主動找她認識的男同學或學長不少。她想起了欣雅,還有遠在台南的敬友,心中為妹妹感到不捨與焦慮,欣雅本應該在台中的東海大學享受高等教育,現在卻沒辦法像她遨遊在大學校園內,認識像阿成這種風趣幽默、重義氣又有著高度才華的同學。交大同學整體素質極高,一個

幾乎都是男學生的大學裡沒有虛情假意，經常都是直球對決，直來直往，加上小芬那裡來的眾多馬路消息，實在讓她這一個中南部女校畢業的學生大大開了眼屆，原來男生的世界是如此奇妙。新竹的風再大，交大的生活再新鮮，也比不過欣德對媽媽與欣雅的思念，她才不在乎那些有趣無趣的風塵韻事，一心只想要趕快畢業工作，賺錢養家。

第十四回
犧牲的代價

　　欣雅只唸了兩週的大學就休學在家幫忙，順理成章地變成餐廳的第一號主廚，媽媽會作的菜，她也都學得差不多了。楊叔叔每次來到店裡，就一直碎碎唸，要她趕快回東海外文系去唸書。楊叔叔對於啟琳一家不願接受她的資助，一直耿耿於懷，為此，還跟啟琳吵了一架，負氣二三個星期不來店裡。最後是啟琳登門道歉，楊叔叔看到啟琳漸漸虛弱的身體與被求好的眼神打動，他知道，啟琳與他早就像是家人，是不是夫妻早已不是那麼重要，但是為何要拒絕他的資助呢？

　　十多年前當他向啟琳求婚時，他心裡有數，啟琳在困難時期絕對不會接受他的求婚，因為那樣更像是一個交易，對他不公平。所以當他被伯母示意要求婚時，不管啟琳答不答應，他已下定決心，要將兩個小姊妹當作是自己的親生女兒。他做到了，但是在這個危急之時，為何啟琳不顧欣雅的前途，還不接受他的資助？

　　他心疼的這一家人，也是他的家人，他空有資源，卻敗給啟琳的糊塗與固執。

啟琳前來道歉，也來道謝：「志學，我真的對不起你！」

「當初我母親做了錯誤的決定，在不對的時間硬是叫你求婚，我不想讓人家認為我是為了跟你討飯票，才跟你結婚。這樣欣德、欣雅兩個姊妹出去外面如何做人，對她們的成長是不好的。」

「我本來是想餐館的生意好一點，我們自己養得活自己，我們再來談結婚一事，因為他們倆也真的需要一個父親。但是你也知道，餐廳的生意一直都沒起色。」

「我知道她們私底下都叫你楊爸爸，這是應該的，你的好比得上任何一個爸爸，他們的親生父親在天上也一定很感謝你的，有你的照顧是她們的福氣。」啟琳一句一句地訴說藏在心裡的話。

「那妳就應該叫欣雅接受我的資助，我有工作有存款！」志學還是很激動。

「欣雅應該是不會接受的，她有自己的想法，她覺得她長大了，她應該承受家中的擔子。」

「那妳們還是把我當外人！」志學還是不解。

「不是的，我們的確需要你。」

「欣雅告訴我，她唸成大的男友，第一次從學校回來時，就跟欣雅說，他們學校老師認為以欣德這樣的天賦，大學畢業後要出國留學，否則太浪費了。」

楊叔叔這時候方知道，原來欣雅的心思細膩到如此，善良到這樣，她犧牲自己的前途，是因為天賦極高的欣德未來的發展可能需要更大的資金。

　　楊叔叔伸手摟住啟琳，將眼眶早已充滿淚水的此生摯愛擁在懷裡。他心疼這一家人，他心疼啟琳、更心疼欣雅，志學也因此留下男兒淚。他也知道，絕對不能讓欣德知道這個想法，否則心地善良的欣德絕對無法靜下心來唸書，也不會出國唸書。

　　出國唸書的經費可不是小錢，一邊拭淚的志學嘆了一口氣，告訴啟琳：「這個我來想辦法，但是欣雅還是要回去唸大學！」

　　「所以她明年會考夜間部，否則我這個爛身體，也不知如何撐下去。」

　　志學想想，每個人都會有一個面臨抉擇的時候。當初他與啟琳從小就是一對青梅竹馬，小時候二人常黏在一起，各方面都很登對。豈知國中畢業後，他跑去台北唸專校，啟琳在台中唸職校，就此分隔兩地。當他在外島服完三年的兵役要返鄉時，才知道啟琳已和一個軍官結婚了，這是他這輩子最大的痛，他失去與摯愛廝守一生的機會。雖然造化弄人，眼下啟琳又回到他身邊，但若他當初留在台中唸書，也許今天就不會是這個局面了；不過，也就沒有欣德與欣雅今日這兩個善良可愛的

第十四回　犧牲的代價　　085

女兒了。

志學頓時覺得，欣雅雖非親生女兒，但是個性跟他很像，是一個願意為他人犧牲的人；他當一個異姓的父親，應該要挺身來保護欣雅，尤其欣雅的犧牲更是巨大，因此，他覺得應該多去店裡走動。

自從啟琳去道歉後，楊叔叔每天都來店裡，一會要幫這，一會要幫那，欣雅覺得楊叔叔來廚房讓她很難施展，就跟楊叔叔講：「楊爸爸，請你不要來廚房，這樣我很難工作。」

「哇！妳今天有秘密喔，怎麼多了一些不同菜色，好像不是煮給我吃的？」

「楊爸爸，妳不是只吃我媽媽煮的麵？」楊叔叔似乎感到有貓膩。

果然，四點多五點不到，今日真正的貴客，敬友，來到店裡了，難怪欣雅今天特別帶勁。敬友幾乎每次回台中，必定花半天時間跑來霧峰看欣雅，先吃個欣雅特別調製的牛肉麵，再與欣雅去省議會散步談心。

這次與往常二人見面時稍有不同，氣氛似乎有點僵，敬友勉強地說：「下個月我可能沒法回台中了，因為期中考，還有考完後天文社有一堆活動。」

欣雅一聽，當然很失望，心情跌落谷底，她本來想跟敬友講說她可能會去台南找他，順便看看敬友口中的

成大是什麼樣子。但是她說不出口了，因為敬友的時間滿檔，比在交大的姊姊還忙，顯然大學的生活不是她這個在鄉下賣麵的女孩所能理解的。

　　這次的約會，敬友也發現到欣雅的手越來越粗，心中很是不捨，但是這也是沒辦法的事。欣雅則感受到一股滯悶的壓力，因為她慢慢感覺得出來，敬友與她的世界正在脫鉤中。

　　大學生活多采多姿，幾個名校的學生自是全國菁英的匯集，即使在校成績不怎樣的學生，經過一年半載的洗禮後，氣質就是與眾不同。欣雅整天埋首於餐館之中，雖然她在閒暇之時，不忘多閱讀，只是沒經過大學的洗禮，就是不一樣。每次欣德回家時，欣雅總是期盼姊姊能分享大學的趣聞，但是專注於課業的欣德在交大幾乎是男生學校的環境下，也很難講出什麼有趣的事情，頂多就是小芬與阿成的互動或是從他們那兒聽到的趣聞，不過講出來與親身體驗是兩碼子的事。欣雅的犧牲，是為了成就姊姊，是為了孝順媽媽，但是犧牲的代價，她顯然是低估了。

第十四回　犧牲的代價

第十五回
摯愛與報恩之間

窩在台中鄉下的欣雅,沒了大學多采多姿的生活,生活的重心雖然在店裡,但是心中掛念的是遠在台南的敬友。因為距離相隔一百多公里,敬友與欣雅在平日多以書信往返,因此,郵差來的時候,也是她心中悸動的時刻。欣雅的文筆極佳,她所寫的信至少都是五頁起跳,大多談了她的閱讀心得,還有對敬友的愛戀。敬友的信也有二三頁,因為成大機械系是老牌科系,在業界相當有名望,老師當得很兇,敬友與一堆一流高中畢業的同學老是在趕作業,加上大一頗多的課外活動,他實在沒太多時間可以做其他的事,但是當他收到欣雅的信時,也是他最快樂的時刻。敬友同寢室的室友也都知道敬友有一個很漂亮的女朋友,只是敬友不想讓別人知道欣雅此刻只是一位小餐館裡的廚師。

這一天下午,敬友又來到霧峰,他在成大周邊的小店幫欣雅買了一個銀戒當作神秘禮物,尤其銀戒上的一朵還沒完全綻放的玫瑰花,讓敬友非常有感覺,他覺得此時的欣雅正像是那一朵尚未綻放的玫瑰花,等待他日

他倆共組家庭時,將會芬芳美麗。

「你們要期末考了,你下次等放寒假再來好了。」欣雅體貼地對敬友說。

「我們班上競爭很激烈,我算是很用功的,結果期中考成績也多在中前段而已。我們班上一堆南一中畢業生,聯考成績根本超過我們一大截,聽說有些人的分數接近四百分,只是因為要幫家省錢,留在台南唸書,他們腦袋不知用什麼做的,根本是外星人!」

「沒關係,你在我心中就是第一名,還有你的天文知識他們怎麼比得上。」

敬友搖了搖頭說:「還是沒法比,我們班上居然有人在高中就是成大天文社的成員,他們用的望遠鏡,是學術等級的望遠鏡,太誇張了!」

「那他們有親眼看過極光嗎?」

「當然沒有,我們一定會比他們更早看到極光。」

欣雅頭低了下來,她想到家中目前的情況,溫飽雖然沒問題,但是家中需要為姐姐存錢,極光對她來說,是遙不可及的事。

「欣雅,我有個東西要給妳。」敬友隨即掏出他為欣雅買的銀戒,然後叫欣雅閉起眼睛,再把右手伸出來。欣雅驚訝敬友的突如其來,隨即閉起眼睛,然後將右手伸了出去。他感到敬友在她的無名指套上一個戒

指,但是戒指較小,他拔出後又調整了一下,重新戴上,然後要他睜開眼睛:「欣雅,我這輩子只愛妳一個,這是我對妳的定情戒,要戴在女生的右手。」

欣雅整個人都暈了,眼淚從她的一雙眼睛滑落,隨即抱緊敬友:「可是我現在只是一個高中畢業的鄉下女孩,你不會嫌棄我?」

「妳不會一直都是這樣的,妳會去唸大學夜間部,以後一樣是大學生。我對妳有信心,妳可是貨真價實錄取東海外文系的高材生,妳在小學畢業時還是縣長獎得主,要不是妳為家庭犧牲,現在不知有多少大學男生圍著妳!」

「欣雅,記得,妳一定要唸大學,因為我媽媽對於未來媳婦的要求就是大學畢業,這一點妳沒問題的。妳現在就像是戒指上還沒綻放的玫瑰花,假以時日,我一定會在妳身旁享受綻放的芬芳,那將是我們未來的幸福!」

「我們就一起等著那一天的來臨,妳手指上的玫瑰花將會完全地綻放,妳將會是全世界最美麗最幸福的新娘。」

敬友緊握著欣雅的雙手,突然看著欣雅:「妳確定要放棄日間部去考夜間部?」

欣雅堅定的點點頭,她的犧牲是毅然決然的。她摸

著手指上的銀戒,還有銀戒上的那一朵還沒綻放的玫瑰花,她知道她也得給敬友一個交代,她幻想著她披婚紗嫁給敬友時的畫面,沒想到此刻敬友吻了上來,這時她與敬友猶如池塘的一對鴛鴦,享受著二人甜蜜的世界。

「欣雅,我絕對不會讓妳一個人在此受苦!」

「敬友,謝謝你對我的感情,你是我的最愛,我會加油的。但是我在這裡並不是受苦,我是在報恩,我年幼失父,媽媽為了我們放棄第兩個幸福,把我們拉拔長大,我再大的犧牲也無法回報。」

「我還有一個楊爸爸,他就像是我們的親生爸爸,我們家的太陽,很疼愛我跟姊姊,有楊爸爸在,我們什麼都不怕。」

「楊叔叔什麼時候跟陳媽媽結婚?」

「這個我跟姊姊也很關心,只是不敢問,我知道他們小時候是青梅竹馬,不知為何,最後我媽媽嫁給了爸爸。」

「我絕對不會讓妳嫁給別人的,走!我們馬上結婚去!」敬友似真似假地以一個大動作拉著欣雅,兩人又跳又抱的,欲罷不能。

沉浸在敬友愛情攻勢下的欣雅,幻想著二人未來的生活,她的丈夫是一個工程師,她是一個職業婦女,他們生了一兒一女,全家就住在一個溫馨的小房,欣德則

是留學美國，楊叔叔變成真正的爸爸，與媽媽就住在隔壁，多麼美好的未來。但是她此時此刻必須要回歸到現實。

看著敬友搭公車離去，欣雅回到店內，楊叔叔也還在，臉色似乎不是很好看。

「楊爸爸，什麼事情？你看起來有點嚴肅。」

「妳媽媽不讓我講，但是我還是得偷偷地告訴妳。」

「妳記得妳外婆是怎麼去世的？」

「聽媽媽說好像是外婆要您向媽媽求婚，媽媽拒絕，外婆一氣之下中風的。」

「求婚一事是楊叔叔的錯，就不要再提了。重點是妳外婆有心血管疾病，這個妳媽媽也有。」

「醫生告訴我，妳媽媽現在是高血壓第二期，這可能是妳們家族的病史，妳自己將來也得小心。」

「那媽媽現在需要住院嗎？」

「不用，但得按時服藥，一天沒吃都不行，同時不要太操勞。」

「知道了！」欣雅心中一沉，覺得上天對媽媽實在太刻薄了。

「欣雅，我知道這又要加重妳的負擔，還好妳現在年輕，承受得起，但是妳一樣要繼續升學，知道嗎？我看敬友是一個出色的年輕人，是很好的對象，家世肯定

也不差。妳不能就窩在這個小店，妳媽媽的身體，我會照顧的，而妳要做的是監督她每天按時服藥，聽到沒！」

「來，給楊爸爸親一個，我雖然不是妳們的親生父親，但是我比妳們親生父親還親，妳們已是我生命中最珍貴的資產了。」

欣雅趕快走到坐在椅子的楊叔叔前，在他已半禿的額頭上輕輕親了一下。其實她們從小就被楊叔叔要求親這裡，親那裡，每次親完後，就是楊叔叔要回家的時候，只見楊叔叔轉身又說了一句：「叫妳媽媽按時服藥！」

楊叔叔這個嚴肅的態度，讓欣雅知道目前的自己正處於一個艱難時期，她無法去唸大學、她無法告訴姊姊太多家中發生的事情、她很怕配不上敬友、她也怕媽媽生出大病。她走到店門口，看著楊叔叔離去的背影，也想起姐姐與敬友的背影，這時她必須更堅強才行。

第十六回
媽媽的右手

　　人在新竹的欣德,在期末考後總算結束一學期的努力,由於急著想回家,考完最後一科當天就準備好簡單的行李與裝著厚重書本的袋子在校園等公車。下午的交大校園突然間顯得寂靜不少,應該是很多家住台北的同學與學長們在考完後馬上回家,宿舍前還有一些轎車,肯定是爸爸媽媽來接小孩回家的。校園內公車亭旁就幾個人,一位看起來像是學長的人走過來問欣德。

　　「妳需要幫忙嗎?妳看起來帶了不少書回家,蠻重的。」

　　「不用,謝謝。」

　　「妳是陳欣德吧!我是阿成的學長,他跟我介紹過妳,所以我認識妳,我想全校很多人都認識妳。」

　　「我叫李耿亮,電子物理系大三,畢業自台中一中,跟妳一樣是中部人,我家住神岡。」

　　欣德很驚訝這個學長怎麼對她這麼熟,原來是阿成對外宣傳的。

　　「不好意思,這些都是阿成講的,他說妳是大一學

生中的天才,因為也住中部,所以本來就要介紹大家認識,以便互相照顧,沒想到在這裡碰到。」耿亮接著作勢要幫欣德提行李。

「沒關係不要客氣,我是羽球校隊隊員,這些對我來說實在算不了什麼重量。」說也奇怪,欣德的一個裝書的袋子就順手跑到這位學長的手裡。

「我住在霧峰,中女中畢業,你也是要回家?」

「對呀!現在校隊要集訓打二月開學後的梅竹賽,但是我奶奶突然間重病住院,我只好請假,趕快回去看奶奶,如果奶奶沒事,我還要再趕回來。」

「看來我們要一起回台中」,李耿亮說。

「有聽說梅竹賽要重新比賽,請問學長,這個比賽是不是很重要?」

「學妹,跟妳講,這個肯定重要,為了梅竹賽,交大清華的高中同學多會反目成仇,因為各不相讓,又互相攻擊,有點過頭了。但聽說我們過去贏得多輸得少,所以清華經常找理由罷賽,仇恨就是這樣引起的。」

「妳知道為什麼交大比較常贏?」

「為什麼?」

「我一講妳就懂了,因為我們吃飯用月票呀!」

「所以我們吃得比較好?」欣德也猜了一下。

「妳說對了一半,我們也吃得比較飽,這個很重

要。吃得飽與吃得好一樣重要,沒吃飽,怎麼練球!妳看我們校長是不是很厲害!」

欣德從來沒想過這個問題,原來吃飯包月的設計還能牽扯到學生的競爭力。

「清華當然也不是吃素的,所以他們一直在增加女生的比賽項目。」

欣德現在終於知道,為什麼她的很多同學突然間都去參加校隊。本來她也被邀請加入籃球隊,只是她想專注在課業上,就婉拒了,原來是這麼一回事。

李耿亮興致一來,又說道:「聽說清大因為我們吃太好了,為了破壞這個包飯的制度,他們串通做肉丸的,在兩個肉丸裡包一整隻蟑螂,所以那次的肉丸才這麼大顆。」這個消息的確令人震驚,因為阿成吃到蟑螂,的確就在她面前發生的,她還看到肉丸裡的蟑螂腳。

「聽說阿成吃到蟑螂肉丸時,妳就在現場。」

「是呀!清大這樣做實在可惡。」

「其實這只是傳聞,我想清大跟我們交大都是台灣最好的學校,不會這樣做的。不過聽說吃到蟑螂肉丸的共兩個,除了阿成,另一個是運管系大二生。」

「學長,你們現在壓力大不大?」欣德不想讓話題在噁心的蟑螂肉丸上打轉,趕快轉移話題。

「現在還好,但教練看起來比較緊張。梅竹賽我沒

第十六回　媽媽的右手　　097

打過，我進來交大到現在都沒看過梅竹賽，因為梅竹賽已經停辦二年了，每年都在吵，今年決定要重打，就是因為清華認為有贏面，所以我想所有校隊還是都很緊繃。」

「應該是很緊繃，我有一個室友是女籃隊員，她現在就留在學校集訓。」

李耿亮偷笑了一下：「然後剩下的女生就要去跳啦啦隊。」

「聽說我們學校的啦啦隊不想穿短裙，跟學校抗議，是不是真的？」李耿亮這次反而是問問題了。

「應該是吧，我知道最後我們是要穿短褲，清華他們的啦啦隊穿裙子，聽說是她們的堅持。」

「哈哈哈！哪有啦啦隊的不穿裙子的！我們學校的女生真是太可愛了呀！」

欣德看了一下這個學長，結實的身體，比阿成大了一號，但是講話一樣是很風趣，也有點瘋瘋癲癲的。

「不過還好，聽說校長有秘密武器。」李耿亮與阿成一樣，似乎知道有很多消息。

「什麼武器？」

「這個是秘密，妳不要跟別人講。我們會邀請一個友校穿著超短裙的啦啦隊來助陣，因為光靠本校的女生，比賽都已經快贏不了，啦啦隊更是沒得比，不過，

這不怪妳們啦！因為我們學校就像麻省理工學院，如果穿裙子的才叫女生，我們學校根本沒有女生。」

還好近半年來欣德聽過阿成瘋瘋癲癲的說話不只一次，所以不足為奇，但心想這個學長怎麼也是這樣，是與阿成物以類聚？還是這個系的人都是這樣？

就這樣欣德的返鄉之行就如同驚奇之旅，這個學長就在她身邊滔滔不絕地天南地北，跟阿成一樣，是個萬事通，不過學長很是體貼，總是幫她搬東搬西的。最後中興號在神岡先停車，學長在下車前伸出手與欣德握了一下，然後丟給她一張小紙片，上有他的名字、家中電話與地址，並要欣德有空時可以來神岡，他們家在當地已經有十多代了，他對神岡豐原一帶瞭若指掌，可以帶她去看看這些北台中的鄉鎮。欣德整個下午都在這個學長旁，有些莫名的感覺，這是她這輩子第一次單獨與一個男生近距離的長時間接觸，她也好奇敬友是如何與欣雅相處的，男生都是這樣嗎？

一個多小時後，欣德背著沉重的行囊，終於回到大街上的店裡。媽媽、欣雅與楊叔叔都在，大家一看到欣德回來，都湧上前去，楊叔叔第一個上去擁抱欣德，因為他們已經有一個多月沒看到這個寶貝女兒了。媽媽的神情也極為愉悅地說：「妳這次回來得比較早，我的飯還沒煮完。」

「我在學校等車時遇到一個學長，他告訴我可以坐經過豐原的中興號，雖然多繞了一下，但是因為車子比直達台中的車早來半個多小時，所以反而回來的較早。」

「姊，這個神岡的學長是不是妳的男朋友？」

「不要亂講，我今天才剛認識他，剛好他也要回台中。」

「妳跟敬友還好吧！」欣德反問了一下。

原來媽媽知道欣德剛結束期末考，要回來過寒假，因此，打算大顯身手，以她最拿手的快炒茄子雞丁與螞蟻上樹來讓這個久不在家的寶貝女兒好好吃一頓最喜歡的菜。

其實這一兩個月來，啟琳已經不常下廚了，所有的廚房的食物都是出自欣雅的雙手。啟琳的快炒是拿手菜，連欣雅也還沒有完全能上手。炒這個菜，右手拿鏟子在鍋子裡的翻攪是一門大學問，跟放進去的油量有關，只有在絕佳的節奏下方能做到不油不老的快炒，但是對於右手的負擔很大。若非欣德回家，欣雅與楊叔叔平常是吃不到這二道菜的。啟琳炒完這二盤菜，也耗掉許多體力，所幸其他燉煮的菜，欣雅已經完全可以掌控。就這樣，從媽媽辛勞的右手所做的一席菜開始，他們一家人在這寒假的第一天，又找回了過去的歡笑與快樂。

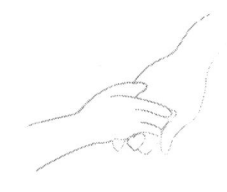

第十七回
梅竹賽

　　孩子長大後各奔西東是一種人生的常態,所以第一個上大學後的春節便格外珍貴;此後,各自還得建立自己的家庭,經歷人生的重大改變,而姊妹倆因上大學的分離才只是這段歷程的開始。過年間,啟琳又帶著欣德與欣雅一同南下台南市,她們再次來到熟悉的天主教墓園,與高高瘦瘦的守墓阿伯又是一年一次的見面。姊妹倆熟悉的將墓碑擦乾淨,插上帶來的鮮花,每次兩個姊妹都會刻意地穿上相同的衣著,僅有顏色略有不同,頭上的髮帶也是一個紅、一個粉紅,她們十多年來都是這樣的打扮,目的就是要讓在天上的爸爸一眼就認出這對雙胞胎女兒。

　　啟琳這次向已故的先生闡述了家庭的近況,她說欣德的卓越與欣雅的孝順是先生留給她全世界最好的遺產,兩個女兒天資聰穎又心地善良。啟琳也說了,她的身體不佳,多虧有志學的相助,她跟志學幾乎就已是一對夫妻了,希望在天上的前夫能夠諒解,也能給予祝福。志學為她們家三人犧牲得夠多了,對於兩個女兒視

如己出，啟琳如能跟他終老，也可以讓女兒放心。

欣德與欣雅一邊聽，一邊點頭，因為她們早就希望楊叔叔真的能成為法律上的父親，她們幾乎已將楊叔叔當作父親的化身了。

回到霧峰後，啟琳與志學終於去辦了結婚登記，算起來，啟琳已為前夫守寡了十五年了，而這十五年，志學也幾乎填起了這個家庭缺少的角色，讓兩個女兒能夠在有父愛下順利長大成人。

自從媽媽與楊爸爸結婚後，家中情況好了許多，楊爸爸甚至也去買了一輛車，在開學前，載著她們母女三人送欣德回去交大。楊爸爸以父親的身分請了欣德的室友吃了一頓飯，讓欣德好高興。欣雅也終於第一次來到這個在姐姐口中的校園，想像著姊姊與小芬、阿成等人在校園中倘佯在一堆堆原文書中的景象，姊妹倆也真心謝謝楊爸爸的養育之恩。

交大與清華在開學後的重頭戲就是梅竹賽，兩校幾乎都為此瘋狂了起來。阿成、小芬與耿亮學長都忙於校隊的加強練習，欣德也沒閒著，她們啦啦隊除了要練習變換隊形外，還得穿上極為單薄的隊服跳舞。欣德想到幸好是穿褲子，若是穿裙子要作這麼大的動作，那真是非常令人尷尬的畫面，尤其場邊的觀眾幾乎都是男生。

比賽就在交大的體育館熱烈展開，清大的啦啦隊在

開幕式首先上場，連續幾個小空翻動作，就讓大家興奮異常，連交大的男生也激動無比，口哨聲此起彼落。清大的啦啦隊因有文學院的支撐，隊員都是十中選一的高手，跳起來比起其他大學也不遜色，不管是動作、服裝、甚至是化妝上都相當專業。交大呢？這群理工系的大一女生，扣除校隊與身體不好的，是人人有獎，但是一出場仍是獲得滿堂彩。欣德知道不管怎樣，順利跳完便是大功告成，只是納悶耿亮學長所講的校外支援的啦啦隊，怎麼不見一個人影。欣德臉上完全沒化妝，因為整個交大大一女生會化妝的也沒幾人，乾脆跟平常一樣素顏出場。她在列隊準備時，倒是在校隊陣中認出了阿成與耿亮學長的位置，耿亮學長一直對她比大拇指，她心神總算是安寧了一些。第一場的比賽是男排，交大體育館擠得水洩不通，甚至有人爬到屋頂的鋼樑上，連女同學也不例外，那些在鋼樑上的女生不知是如何爬上去的？肯定是被後面的人推上去，想想真恐怖，說兩校都陷入瘋狂，一點也不為過。男排的比賽異常激烈，每一次得分的歡呼聲都震耳欲聾，相信連在一公里外的高速公路上都聽得到。激烈的比賽中雙方勢均力敵，第一局清大獲勝，兩校學生已陷入瘋狂。

中場休息時，大會宣布特別表演，出場的是中部某一女校的啦啦隊，她們保密到家，出場前沒人知道她們

在哪。這個表演的水準顯然達到另外一個境界，啦啦隊員的空拋、變換隊形與蹬跳都一氣呵成，隊員各個艷美，身材勻稱，高矮胖瘦一致，每個人臉上的假睫毛簡直讓這兩校的女同學相形失色。這次欣德真的大開眼界，兩校的同學的歡呼聲音幾乎要掀開體育館的屋頂。最後，該啦啦隊竟然排出交大英文簡寫 NCTU，以一聲「必勝」作為結束，這使得交大的每個師生熱血沸騰，清大這邊剛開始也報以熱烈掌聲，但隨後變成噓聲。欣德完全沒辦法想到竟有這一幕，而這個場面是多麼的令人激動；耿亮學長講得沒錯，這的確是秘密武器。隨後交大士氣大振，除在第二局扳回一城外，決勝局更以些微的比分，後來居上贏得了男子的排球賽。

晚上，小芬跟欣德講，明天羽球開打，阿成沒上場，但是耿亮學長要打第五點的單打，請欣德務必要去羽球館幫他們加油，她則是要去打女籃比賽，所以無法到場。交大的啦啦隊被拆成三個場邊加油隊組，欣德為能到羽球場加油，特別與同學交換啦啦隊小組，因為自己也很想親自為耿亮學長加油。

男子羽球是在下午二點開始，也是先由兩校的啦啦隊以簡單的舞蹈開幕。欣德跳完後，看到耿亮學長與阿成都在球隊裡，先圍出一個大圓圈，再由教練作精神講話。聽說今年兩校的羽球實力旗鼓相當，開打之後，清

大先取得二比零領先，再一勝即將取得勝利，但是交大卻連贏二場，於是耿亮學長的那一點就是決勝點了。交大的三點單打實力差不多，不像清大的第一點超強，第三點單打實力則遜於交大前三單，這樣看起來交大贏面較大。

耿亮學長在一開始連續拿下五分，很快的在第一局取得勝利，但是第二局的後面被清大的對手追上，最後以些微的分數奪回勝利。打到第三點時，耿亮學長與對手一直處於拉鋸戰，耿亮學長在領先兩球時換邊，之後似乎體力漸處於下風。在對手的一個網前放短時，耿亮大跨幅的走位救球後，欣德感覺上耿亮學長的右膝蓋似乎出了狀況。在短暫的叫停後，交大教練表示棄賽，這時清大的加油區爆出熱烈的掌聲；但是耿亮學長在與教練溝通了一下之後，拎著球拍上場繼續比賽，這次反而是交大這邊報以巨大的掌聲。膝蓋包著束帶的耿亮學長雖然回到場上，明顯地已無力再去進行大幅度的跑位，只是撐著將比賽打完，隨即被對手連得十分而結束比賽。最終，清大取得勝利，交大這邊雖然輸球，不過也為耿亮學長的運動家精神而掌聲不斷，但是因為輸球，大家的神情顯得落寞。

耿亮學長在打完最後一球時，其實已經無法站立，阿成與小胖上去將他攙扶下來，沒多久只見耿亮學長坐

在輪椅而被推上救護車,阿成也陪著耿亮在救護車內,隨即一路開往省立醫院。欣德看到耿亮學長最後受傷重回球場一幕,眼淚一直在眼睛中打轉,聽到剛比賽完即衝到羽球館的小芬的呼喊時,欣德終於哭了出來。

「耿亮學長好像受傷不輕!」欣德邊講邊哭。

「我剛剛聽說耿亮學長的輸球是因為受傷所致,是真的嗎?耿亮學長現在不知怎樣?」小芬心情低落的講著,而且異常激動。

「阿成呢?」

「跟學長一起坐救護車去醫院了。」

「有阿成在就好了。唉!比賽最怕受傷,耿亮學長現在一定很難過。」

「是呀!我也很想跟去看看。」欣德很關心學長的傷勢。

小芬的女籃也是輸了,但是輸得不多,這對女生極少的交大來說,雖敗猶榮。不過兩校同學都很在乎最後的總錦標,所以每種球類的輸贏都很重要。

三天的梅竹賽總算結束,交大以六勝五負的成績贏得總錦標,但清大以交大在男排的中場節目未依規定請中立的表演團體表演,而要求取消交大男排的勝利;如果成立,清大反而會贏得今年的總錦標。

兩校就這樣吵來吵去,一會兒交大贏,一會兒清大

勝,最後總錦標還是握在交大手裡,但是清大就是不承認。兩校的吵鬧讓學生真正見識了梅竹賽的魅力,非親身體驗,怎可能瞭解一兩天內的血脈賁張、興奮、失落、流淚、不平與氣憤。欣德終於體會出來耿亮學長所說的「兩校的高中同學會因梅竹賽而反目成仇」,絕非虛言。

耿亮學長被檢查出膝蓋韌帶斷裂,是很嚴重的傷害,最後動了手術,連校長都來看過,還給了一個紅包慰問。欣德與小芬一行人去醫院探望耿亮學長,只見學長雖然落寞,但是仍能強忍歡笑。

「學長,你既然已受到嚴重的傷,為何還要上場?」小芬問。

「小芬,教練知道這個傷應該很嚴重,要我放棄比賽。我跟教練講,我想把比賽打完,只要我還能站立,我要維護咱們交大的運動家精神,雖然我是因受傷輸球,但是給予對手一個完整的勝利,這也是同樣的重要。」

「對嘛!你看清大把交大從頭到尾罵了一遍,唯獨耿亮學長是兩校一致稱讚的選手,聽說交大青年還要專訪學長!」阿成拍拍學長的肩膀,又得意起來了。

經此一役,欣德對於這個學長刮目相看,學長平常跟阿成一樣也瘋瘋癲癲的,但是做人堅守原則,實在令

人佩服。回學校的公車上，阿成偷偷跟兩個女生講：「聽教練說，耿亮學長因為奶奶生病，少練了兩週，他的肌耐力因此受到影響，這可能是他這次受傷的原因。教練早就想過他可能因缺乏寒假的完整訓練，所以給他排單打的最後一點，否則以耿亮學長的實力，排第一單也沒問題。唉！衰事就這麼發生了，看到耿亮學長第三局因受傷而輸掉比賽，我們好幾個隊員都哭了。」

耿亮學長的奶奶在耿亮出院的兩週後去世了，病危時，耿亮學長撐著拐杖要去搭車回家，欣德知道後表示願意陪耿亮學長回台中，順便也可回家一趟，這次反倒是變成欣德幫耿亮學長提行李。不過耿亮學長只帶了簡單的小背包，主要是一二本書與筆記，以免欣德太吃力。就這樣，耿亮學長與欣德之間由於頻繁的接觸，漸漸成為知心的好友。欣德欣賞這個學長的人格與學識，她心中也認為耿亮學長應該是一個好的對象，也許她也可以多給機會，因為找到一個好的對象，也可讓媽媽與楊爸爸放心。

就這樣，耿亮學長因禍得福，她成了欣德的護花使者，霎時，這成為交大的頭號消息。阿成更是逢人便講，因為「肥水不落外人田」，小芬聽到阿成這個講法後，差點暈倒。不過此後他們經常四個人在一餐的同一桌吃飯，阿成看起來比誰都得意，他們四人早是交大的風雲人物了。

第十八回
回歸原點

　　到了七月，欣雅按照原來的計畫去考了中部的夜間部聯招，她以高分錄取了中興大學外文系，這個校區剛好在台中市省道三號往南之處，這使得她的交通時間更短。欣雅於是負責白天店裡的生意，晚上再將店交給媽媽與楊爸爸。志學覺得這樣也不錯，至少欣雅依然能夠獲得大學教育，而且國立大學的資源可能也比較好，只是讓欣雅唸夜間部還是讓他耿耿於懷。

　　欣德看到家裡的轉變，知道欣雅錄取了國立大學外文系夜間部，即將成為大學新鮮人，心中踏實許多，終於在同學面前露出了久違的喜悅之情。欣德此時覺得，自己真是一個幸運的人，上帝給他天賦、媽媽給她全部的愛、楊爸爸填滿了她所需的父愛，惟有妹妹的犧牲讓她始終放不下，但是現在也得到較好的發展了。

　　志學的職業是電器的修理與買賣，其中尤以冷氣的銷售是最大的收入來源。為了秘密幫欣德籌措出國學費，年初時志學將原來日系冷氣的銷售擺在一邊，轉而銷售一款新創的國產品牌冷氣。這是因為近來國中小的

教室即將大量裝設冷氣，配合合夥人所獲得的標案，利潤頗豐，但是需要投資一個囤積冷氣機的廠房。為此，志學與合夥人共同去承租了一個廠房作為倉庫，並以低價進了大量的冷氣機，等待合夥人獲得標案之後，將會有巨額的獲利。

事情的進展極快，很順利地，志學的合作夥伴湯先生已經拿到好幾個標案，但是聽說因為利潤很高，需要打點的人也很多；志學很不習慣這樣的商業手法，他想若不是為了替欣德籌錢，自己在鎮上一台一台冷氣機慢慢賣，生活也無虞。

連拿幾個標案後，志學果然獲得相當大的出貨量，短短幾個月就比這輩子所賣出的冷氣機還多。當然志學也覺得納悶，這冷氣機的利潤如此豐厚，莫非冷氣的質量有問題，是否有偷工減料之嫌。因此，他自己在店內換裝了一台這個新代理的冷氣機。新的冷氣機冷卻效果還好，只是運作的聲音稍大，志學還發現用電量不小，這個與湯先生在招標書中的節能說明明顯不符。這個發現讓志學內心頗為不安，他覺得這是在賺缺德錢，怎能將次級品賣給學校，萬一電線走火怎麼辦。志學決定這一批貨銷完，他將退出這個合夥群組，還是在鎮上做小生意即可，以他在鎮上二十年的聲譽，也應該賺得到所需要的錢。

經過幾天的輾轉難眠，志學顯得心事重重，啟琳已察覺志學似乎有異，仔細一問方知志學想多賺點錢，去改變經營方式，而且正在將不良物品賣給中小學。

　　「志學，我知道你現在內心很不踏實，我們也不應該為自己的小孩前途而去做虧心事。這樣好了，我們將賺來的錢就以匿名的方式捐回給學校，當作學生的災難救濟金，你覺得如何？」

　　經啟琳這麼一提點，志學突然間茅塞頓開，他說：

　　「我算一下，目前共獲利約六十萬元，我下午就去匯款，就匯到有買冷氣機的學校。」

　　志學正直了一輩子，不能因為一時的疏忽，讓他自己抬不起頭來。同時他也在第四次得標並將貨品銷售完後，以身體不佳為理由，退出了合夥群組。這樣一來一往，他不但沒賺到錢，還虧了幾個月應有的正常收入。

　　幾個月之後，一所國中電線走火，一位老師在搶救時被嗆傷，緊急送院急救，目前還呈現昏迷狀態。檢察官經查證之後，發現是冷氣機出問題，於是成立專案調查該品牌的冷氣機。不查不知道，一查嚇一跳，報紙上頭版頭條刊登一款專門出售在國中小標案的黑心冷氣機，居然是用回收的壓縮機借屍還魂而來。一下子，這個勁爆的新聞搞得人盡皆知，霧峰街上大家議論紛紛，因為街上備受尊重的楊志學居然是這個集團的合夥人。

志學因此受到地檢署的搜索與詢問，最後以證據確鑿而收押禁見。

突如其來的這一場風波，對志學與啟琳一家是一個重大的打擊。剛好聽說這個檢察官住在啟琳房子附近的法院宿舍，也偶爾會來啟琳的餐館用餐，於是啟琳在檢察官來餐館時，把握機會跟檢察官求情。

「孫檢察官，你可能也知道楊志學，我先生他是一個正直的人，在這個鎮上風評極佳，與那些人合夥之前，他根本不知道他們賣的是黑心貨。」

「楊志學先生的為人大家都很清楚，妳們餐廳的口碑我們也是了然於胸，只是這一次，恐怕幫不上忙。楊先生的專長是電器，怎會不知這個冷氣規格有問題，這個已算是罪證明確，應該躲不掉，但他不是主謀，我想法官不會判太重。」

這次的會談，讓啟琳更擔心，志學是一個道德感很重的人，怎麼能接受被判刑這件事。晚上，啟琳去找了朋友介紹的律師，看看是否可以幫忙。律師見了志學後，回來告訴啟琳，志學覺得罪有應得，自己都無法原諒自己，更不求大家的原諒。啟琳發現志學已經失去做人的尊嚴與鬥志，他已失去過一個丈夫了，不能再失去第兩個。九月的霧峰，氣溫異常炎熱，但是啟琳的心卻像是冰冷的北極，令她不時地顫抖著。

晚上，啟琳與欣雅商量對策時，啟琳突然間想到志學對學校的捐款，認為這應該可證明志學在發現冷氣不對勁時，將不法所得全數捐回給學校，代表志學真的是事前不知情，他完全不想賺這個黑心錢。正當二人熬夜苦思對策之時，突然間停電，然後一陣天搖地動，房子裡的物品散落一地，啟琳與欣雅連忙跑出屋外，看到大街外的一棟大樓攔腰折斷倒塌，鎮上一片漆黑，遠處傳來不明的哀號聲，她們母女二人緊緊抱著彼此，嘴巴張得大大的卻一個聲音也發不出來。

　　隔天一早啟琳在得知遠在新竹的欣德與在拘留所的志學都安全無礙後，心中較踏實地與欣雅回到店裡，但是這個霧峰大街已是慘不忍睹，房屋倒塌或損毀的不計其數，店裡的物品東倒西歪。電視上還看到隔壁的小學的操場上有一條長長隆起的斷層，景象煞是驚人。隔壁的鄰居跑來說，該斷層正好從啟琳房後約一百公尺處通過，只要再偏過來一點，啟琳的房子可能全毀，她們甚至性命不保。

　　這個被稱為九二一的大地震，強度高達七點三級，霧峰少說是六級，難怪如此慘烈，鎮上死傷慘重，幾個學校都發生房屋倒塌的情況，社會上已發起大規模的捐款。幾週後，欣雅從報紙上發現一所國中的幾位學生因全家傷亡慘重，獲得學校優先撥付一個匿名者捐贈的緊

急救難金二十萬元,欣雅覺得那應該就是楊爸爸的捐款。於是,欣雅與啟琳跑到志學的店裡去找捐款收據,但是找了半天,始終沒找到什麼。欣雅不甘於好人受到惡報,她勇敢地在晚上去找住在附近的檢察官,告訴他報紙上的匿名捐款者就是楊爸爸,證明他在發現冷氣機性能不佳時,一塊錢也不賺的風範。孫檢察官不置可否,這令欣雅相當氣憤,她覺得這個檢查官真是冷血,以後他來吃麵,付再多的錢她也拒絕為他服務。

人在新竹的欣德不時打電話回來關切,也趁陪耿亮學長回台中時想去探望楊爸爸,但是啟琳說現在沒辦法見,只有律師見得到志學,說著說著,在店裡非常無力感的啟琳與欣德母女倆都啜泣起來了。啟琳突然間發現有人摸著她的頭,嚇了一跳,轉身一看,原來是志學,欣德也看到了,趕快跑去抱住楊爸爸。正好,欣雅也從學校回來,看到楊爸爸獲釋,高興的抱著楊爸爸,一家四口終於團聚。正當大家納悶為何能獲釋,志學說:

「那個匯款單在檢察官到店裡搜查時已被列為證據,只是沒去注意,還好欣雅去跟他講,他去查了一下,查出我們匿名捐了三次,共捐了八十多萬元,這下子他終於相信我是無辜的,於是簽結我的案子了,不過最後還是要進出法院幾次,當傳喚證人。」

「我一下子突然從被告變成證人,都是啟琳與欣雅

的功勞，還有這個孫檢察官，年輕有為，能分辨忠奸，是一個負責的好檢察官。」

「喔！對了，孫檢察官讓我告訴妳們，這個案子若未結束，不要再貿然去找他，因為這樣不是正規的作法，也可能干擾他辦案，他這段時間也不會來店內用餐。」

志學接著用很奇怪的表情，看著欣雅。

「孫檢察官對妳印象極好，他一直在稱讚妳。他說在店內用餐時沒跟妳講過什麼話，哪知妳小小年紀，口才極佳，條理分明，很有正義感，人也長得漂亮可愛。」

「可惜妳已名花有主了！」楊爸爸幫孫檢察官嘆了一口氣。

志學經此一役，瞭解金錢的誘惑的確是許多犯罪的源頭。他這次雖然官司已免，但是商譽已經嚴重受損，他的電器行生意一落千丈，為了不要再繼續虧錢，他將電器行收掉，原來的店面另外出租。只不過，九二一大地震後的霧峰大街上，簡直是滿目瘡痍，店面乏人問津，最後雖能勉強出租，一個月收入只剩原來的三分之一不到。

第十九回
一樣情二樣緣

　　四年看起來不算短,但是對一個大學生來講,時間過得飛快。這個暑假過去,欣德、小芬、阿成都升上大四,台南的敬友也是,欣德的男友耿亮更是要在光電所升上碩二,也要開始準備碩士論文了。

　　大四是人生的關鍵時期,往前看去,一道道的關卡就擺在眼前。小芬與阿成決定繼續留在交大唸碩士班,以兩人的成績,考上競爭激烈的研究所應該沒問題。阿成的問題是到底要唸物理、半導體或是光電,這讓他難以抉擇。小芬則是選擇留下來唸電子所,專攻電路設計。欣德呢?這是一個嚴肅問題,學校的老師十分鼓勵她出國,考慮到欣德的家庭環境,系主任告訴欣德,系上會請一位諾貝爾獎提名人的半導體大師,協助寫推薦信到幾個常春藤名校去申請獎學金。欣德知道即使有獎學金,自己還是得準備一些錢。因此,她決定畢業後先去一個新成立的半導體廠服務,希望能先工作兩年,存點錢以減少家裡的負擔。欣德的男友家境較優渥,本來耿亮是畢業後想留在台灣工作,但是考慮欣德的發展,

他也決定跟欣德申請同一個學校，沒獎學金沒關係，只要能與欣德一起唸書即可。所以他們計畫未來二年，耿亮去當兵，欣德去工作，順便考托福與 GRE，看起來時間剛剛好。

欣德將自己的生涯規劃告訴媽媽、楊爸爸與欣雅，楊爸爸說：「我們心裡早有準備，所以我本來已存了一筆錢給妳出國。」

「唉！可惜計畫趕不上變化，前年的冷氣機官司加上九二一大地震，讓我的這筆錢也沒了，楊爸爸對妳很不好意思，沒能幫上大忙，但是還是可以資助妳一二十萬沒問題。」

「欣德，媽媽告訴妳，楊爸爸那時改為經營招標案，就是想多賺點錢資助妳出國唸書，結果不但沒賺到錢，連商譽也賠進去了。我們做人一定要踏實，一步一腳印，不要追求輕易的錢財。」

欣德這時方知，原來家人在她身上做了這麼多事，但是她始終都不知道，欣雅放棄東海外文系改唸夜間部也與她的出國唸書有關。啟琳、楊爸爸與欣雅絕對不會讓欣德知道此事，這是他們無私的愛。

啟琳知道等耿亮服完兵役後要一起出國，她不禁擔心。

「耿亮他們家的情況如何？」

「我有幾次趁一起回台中時，順便到他家坐一下，耿亮的父母親雖然教育水準不高，但是看起來很明理，也很好相處，好像也蠻喜歡我的，一直說我是女狀元。」

「耿亮說他父母親很贊同他出國，他爸爸還說這是光宗耀祖的事。」欣德看起來神色自若。

「欣德，耿亮跟妳應該是天生一對，妳能有耿亮這種伴侶，一定要好好珍惜。」

「媽媽跟楊爸爸只有一個要求，就是出國前，你們必須結婚，聽到沒！」

「喔！其實耿亮的爸媽好像也是這麼講，而且還說會資助我的出國費用，但是我堅持要自己賺。」

啟琳看到欣德做事真的沒話講，她能想到的，欣德早就想到過了，而且面面俱到，不亢不卑。她也為欣德找到一個好婆家感到欣慰。

欣雅呢？

欣雅這邊，與敬友交往已經有五年之久了，這是很不簡單的事。大學以來敬友與欣雅一直保持一個月見一次面的規律，小倆口的感情維持得相當穩定。但是敬友這一邊具有較大的壓力，因為敬友是家中獨子，不知敬友已有女友的張媽媽一直問敬友是否有女友，若沒有則要安排相親。敬友煩到受不了，想到與欣雅交往五年，

也應該要讓父母親知道，因此，趁剛放暑假就帶著欣雅去他家。張爸爸與張媽媽看到自己兒子居然有這麼一個漂亮的女朋友，相當驚訝。但是當張媽媽牽起欣雅的手時，卻發現欣雅的手不若一般女大學生柔細，心中產生疑慮，同時對於欣雅唸大學夜間部也不是那麼滿意。

待欣雅離開後，張媽媽要敬友講清楚欣雅的來歷。敬友覺得欣雅是她看過最令人敬佩的女生，年紀輕輕已為家人犧牲這麼多，因此，把他所知道的事情全講出來。沒想到，張媽媽劈頭就責問：「第一，你交了五年的女朋友，不跟家裡講一聲，我不是很高興。」

「欣雅這個女生高二就交男朋友，不是很好。你不要覺得她這麼漂亮，就只有你一個男朋友，尤其她一副大眼睛，身邊男生一定很多。」

「第三，他的繼父八成不是什麼正當的人，還上過報紙，賣黑心冷氣機。」

「管她聯考是不是有考上東海，她現在是唸夜間部，不算是正統的大學生，而且白天只是一個賣麵的，這樣傳出去，親友會怎麼想？」

「你若真的要娶她家姊妹，也應該挑姐姐才對！」

敬友作夢也沒想到，媽媽居然這麼勢利眼，對於欣雅有這麼多的歧視，她沒看到欣雅身上人性的光輝，只是嫌她們家境差、學歷不好。敬友失落至極，他眼睛

飄向爸爸尋求支持，但爸爸只是示意他不要衝動，他實在無法克制自己的情緒，二話不說，用力摔門，回成大去了。

敬友是一個有教養的謙謙君子，從不口出惡言，但他從小看到奶奶跟媽媽關係不好，爸爸被夾在中間，一會兒被奶奶唸，一會兒被媽媽罵，很不知所措。爸爸最高興的事就是帶他去山上看星星，遠離兩個女人的戰爭。沒想到，這個戰爭要延續到他這邊來了。他慢慢體會到爸爸的痛苦，為什麼爸爸在家中總是無語，一有機會就帶著他往山上跑。他終於知道明明是天文工作者的爸爸，不讓他去位於市區的天文台使用望遠鏡，其實要的是遠離媽媽的視線，因為上山是媽媽最討厭的事。

晚上，敬友的爸爸開車到台南來找敬友，父子二人在一家咖啡廳的包廂裡。

「爸爸，對不起！」敬友哭了起來。

「敬友，沒關係情緒發洩一下也好。」張爸爸摸摸敬友的頭，就像以前一樣。

「敬友，你必須瞭解你媽媽，她是一個非常固執的人，不管對與錯，都沒有人可改變她。」

「我們結婚前，她是一個溫馴的女人，但是你奶奶太強勢了。我們家單傳，你奶奶要她多生幾個，她就是生不出來，所以奶奶經常對她冷言冷語。」

「我要她不要頂撞奶奶,所以她長期對我言語霸凌。這也是我的不好,我自己承受。」

「忍不住的時候,我也想離開這個家或是乾脆離婚。」

「但是你是無辜的,爸爸再委屈也要給你一個完整的家。」

「所以您才常常帶我躲到山上去看星星?」敬友終於瞭解爸爸帶他去看星星是為了躲媽媽。

「你可以這麼說,我能做的就是避免大家撕破臉。」爸爸很是無奈。

「敬友,我聽你講起來,覺得欣雅真是一個好女生,家窮沒關係,她為姊姊犧牲的情操真是沒幾人做得到的,我喜歡這個女生。」

「今天的這個局面,爸爸建議你好好考慮,在兩個做法中擇一。」

「第一個,不管你媽媽,你就與欣雅好好計畫在幾年後結婚,共組家庭。」

爸爸卻沉默了一陣子,遲遲不講第兩個,敬友忍不住:「爸爸,那第二個呢?」

「我都有點猶豫是不是要講,我想講的是,與其可以預期得到像爸爸這樣的家庭關係,對於欣雅這樣好的女生,是不是太殘忍了!」

「爸爸,您想說什麼?」

「我要說的是,離開欣雅,讓她早一點去尋找真正的幸福;你也是,天涯何處無芳草!」

敬友哭到話都說不清楚:「五年耶!我們五年的感情,那麼聰明、美麗、心地善良又孝順的女生我去哪裡找?」

「敬友,人是會變的,她在我們家,你們不會幸福的,我就是過來人。」

「爸爸的建議,也是為了她好,讓她去尋找下一個春天。」

敬友哭得連鼻涕都流出來了,爸爸從沒看到自己的兒子居然會哭成這樣,自己也頻頻拭淚,他此刻覺得自己實在沒用,但是他的犧牲與忍耐也夠多了。

「敬友,你以後就會知道,一對父母親養育一個小孩,是用了多少心血,不要太怪你的媽媽,你好好想一想,事緩則圓,不管怎樣,爸爸都會支持你的。」

爸爸開車離去前給了敬友一個大大的擁抱,敬友知道爸爸的意思。敬友決定不要像爸爸這麼順從媽媽,結果毀了一生,他決定明後天直接去找欣雅,把事情攤開,再商量如何走下去。

這一天是星期二,孫檢察官正式結束了黑心冷氣機一案,楊爸爸確定沒事,連湯先生也被判無罪。孫檢

察官對湯先生的無罪判決很不以為然，但是因品牌廠商將所有的罪都推給公司的一個經理，指他擅自買進二手壓縮機，公司其他人全然不知，而該經理賺的差價也反映在其銀行帳目裡，這使得該案的所有人幾乎都全身而退。

帶一點沮喪的孫檢察官來到店裡，要當面向楊志學說明最後發展，同時也是一年多來第一次進餐館吃飯。孫檢察官一進店裡，沒看到志學，只看到欣雅。

「陳欣雅小姐，妳爸爸的案子結束了，所以我現在可以來了。」

欣雅好久沒看到孫檢察官，差點忘了這個人的長相，一時沒認出來。

「是不是我楊爸爸就不用再去法院了。」欣雅趕快問。

「當然、當然，一切都結束了，還是有些人沒受到應有的懲罰。」孫檢察官看來還是無法釋懷。

「不過一切都過去了！」

「謝謝您的幫忙。」欣雅趕快道謝，畢竟若非這個檢察官聽進他的話，楊爸爸沒那麼快獲釋。

「陳小妹妹，妳真是一個孝順又聰明的小女孩，幫我們不少忙。只不過湯先生一群人利用一個操作點，將責任都推掉了，令我有點沮喪。不過妳爸爸應該是其中

唯一真正有良心的人。」

孫檢察官看到欣雅表情很是訝異,直覺不應該將這種鳥事帶到這裡去嚇小朋友,他一直以為欣雅只是高中剛畢業的小孩。

「陳小妹妹,妳現在唸大學了嗎?」

「有啊!我在中興大學唸夜間部三年級,但我其實應該是四年級的年紀。」

「妳重考一年嗎?」孫檢察官很好奇,也很驚訝。

於是,欣雅將這幾年發生的事大概地跟孫檢察官說了一遍。孫檢察官對於欣雅其實是考進東海外文系,為了媽媽的身體才改唸夜間部一事,相當驚訝。他更驚訝的是,算一算他們倆也不過差七歲。

孫檢察官感覺欣雅心事重重,就問到,妳有什麼疑難雜症,我孫哥哥可以幫妳想想辦法。

欣雅聽到孫檢察官稱他自己叫孫哥哥,覺得很不習慣。

「我還是叫您孫檢察官好了。」

「我算過,我們二人大概只差七歲,我家中有一個妹妹比妳還小,跟我差九歲,所以對我來說,我自稱孫哥哥也還好。」

「妳有什麼事嗎?看妳心事重重。」

欣雅的心中的鬱悶就是因為前天去敬友家中拜訪,

感覺到他母親有點冷淡，敬友這二天也沒聯絡，心裡七上八下，有點六神無主。既然孫檢察官像是哥哥，又見聞廣博，於是將她與敬友的事也簡單地說了一下。

孫檢察官嘆了一口氣：「這種事最麻煩，清官難斷家務事，若妳的男友媽媽對妳有意見，妳的男友可就慘了，很多家庭紛爭，甚至刑案都是從這個點發生的。」

欣雅被他這一說，嚇得都快哭出來，孫檢察官突然抓起了她的右手。

「我來看看妳的手相。」欣雅著實地嚇了一跳

「看起來，妳的感情線蠻長的，不錯呀！」孫檢察官其實是想彌補剛剛的失言，故意美言幾句，因為他根本不會看什麼手相。

這時正好敬友來到店裡，欣雅驚訝之餘，趕快將手收回來。

「敬友，你怎麼不說一聲就跑來了，這位是偵辦我楊爸爸的孫檢察官，他剛在幫我看手相。」

敬友看到這一幕，其實不以為意，他跑來找欣雅，一則是自己很鬱悶，一則是想跟欣雅商量一下接著該怎麼辦。

「妳是欣雅的男朋友，恭喜你，我是孫檢察官，像她這樣的女孩，若是我的女朋友，我媽媽一定叫我明天就把轎子給抬過來了，先搶先贏，你們談好了，我專心

吃麵。」其實孫檢察官對於欣雅相當有好感，當時他決定不進店裡是為了遵守職業道德，但是每次經過店門口時總是引領想看看這個漂亮又聰明的妹妹。不過他一直以為他們年紀相差過大，今天知道才差七歲，本來燃起一些希望，沒想到她男友馬上登門，孫檢察官只好暗地裡自嘆一口氣。

待孫檢察官吃完麵，其他客人也都走後，欣雅將門關起來，與敬友面對面：「敬友，我看你臉色蒼白，是不是有事？」

於是敬友將這幾天的事情一五一十地告訴欣雅。欣雅知道這終究是一個難解的題，對於自己的委屈與對敬友的不捨，眼淚就這樣掉了下來。

「我也不知道該怎麼辦？」敬友思緒極亂。

這一天，他們還是一起走到省議會的草皮，如往常一樣，但是二人都沒講話，因為分手都是這一對情侶心中的選項。敬友覺得這樣下去，他會影響欣雅的幸福，欣雅也覺得她會影響敬友的未來發展。

過了黃昏，天空很快地就暗了下來，欣雅仰著頭主動吻了一下敬友，敬友緊緊抱著欣雅有好長一段時間，彼此都沒講話。兩人隨即往公車站走去，目視敬友搭車離去的欣雅晚上還有課，夜間部的學期結束比日間部晚了兩週，她也不知道是否有心情去上課。這時天空突然

下起了毛毛雨，沒有敬友的欣雅，任由雨從臉上滑落，這樣路人就沒辦法知道她臉上的是雨還是淚，對一個肝腸寸斷的二十二歲女生，欣雅過去已承受太多苦痛了，但是仍然沒辦法承受這個椎心之痛，她知道他們倆的路已走到盡頭。

第廿回
失戀需要的是時間
還有一個對的人

　　自從上次一別,欣雅自此已經有數個月沒再見到敬友,雖然他們彼此沒說破,但是欣雅知道這段五年的戀情應該已是告終。這種分手的方式,別說欣雅沒嘗試過,啟琳與志學也無法幫上什麼忙。欣德知道後,請了小芬、阿成與耿亮來到家裡,想要以他們活潑的個性來協助欣雅度過這段低潮。阿成看到欣雅後,第一句話就是:「難怪欣德會考得那麼好。」

　　眾人一頭霧水,小芬馬上察覺這個阿成八成又再亂講話了,不過,心想阿成的胡言胡語最後都有一套邏輯,搞不好阿成又有怪招,只好忍耐一下。

　　「欣雅,妳姊姊已是校花等級,而妳又更勝一籌,太漂亮的女生外在干擾會很多,成績當然會較差,欣德有妳這個妹妹,妳的成績都這麼好,妳姊姊當然是狀元了。」

　　欣德不以為意,因為從小大家都知道,妹妹的確長得漂亮一些,欣雅倒是不太好意思。阿成接接著講:

「欣雅,我想外面為妳心碎的男生可能有好幾打!」

阿成的本事就是胡言亂語一番,把當事人抽離傷心點,他這一招總算是有點效,搞得欣雅不知是該哭還是該笑。耿亮心想,這只是胡鬧一下而已,沒辦法有真正的效果,倒不如直球對決,直接挑明問欣雅目前的心理狀況。面對耿亮的質問,欣德對欣雅點了頭,要她講一講沒關係。

「我與敬友交往五年,一直很穩定,但是幾個月前我去他們家後,好像她媽媽對我不太能接受,敬友是獨生子。他兩天後跑來店裡,臉色極差,他好像要講什麼,最後又什麼都沒講,只是抱著我好長一陣子,後來就再也沒聯絡了,我寫信給他,他也不回。」

耿亮、阿成互看了一眼,耿亮接著說:「看起來應該是他媽媽的關係,獨生子就有這個困擾,一般媽媽會盯得很緊的。」

接著阿成、小芬開始滔滔不絕地講了交大許多男女同學的分分合合,甚至也把他二人高中的幾次分手經驗也拿來講。不過到底交大幾乎是一個男校,雖然阿成口若懸河,耿亮也不賴,但是畢竟風花雪月的事情在交大不太精采,加上二人的女友早已固定,看似輕浮的阿成這輩子也只交過一個女朋友,耿亮也是,他們經驗既弱,說服力也就沒那麼有效果。

欣雅知道這是姊姊為她的失戀所安排的聚會，阿成與小芬吵吵鬧鬧很有趣，準姊夫對姊姊情意甚濃，她反而有一種說不出來的惆悵。

　　欣雅自從與敬友分手後，她發現每一首情歌聽起來都格外淒涼，也格外能打動她的心。因此店裡就開始放這些歌曲，當她聽到潘越雲的「最愛」，她眼淚就會在眼眶內打轉，尤其其中的一段。

　　「生來為了認識你之後　與你分離　以前忘了告訴你　最愛的是你　現在想起來　最愛的是你」。

　　欣雅每次聽這首歌，就會想起她與敬友最後一次在省議會草坪的擁抱，她知道敬友對她的感情，但是敬友為何不講清楚，他在想什麼？

　　「生來為了認識你之後　與你分離」一個男聲跟著唱著，原來是孫檢察官。

　　「欣雅，我看妳應該是失戀了。」孫檢察官看著眼眶紅紅的欣雅。

　　欣雅轉過頭：「孫檢察官，您要吃什麼？」

　　「來一碗失戀大滷麵！」

　　「我們哪有這種麵？」

　　「可是我已經吃了好幾個月的失戀口味的麵了！」

　　「沒有啦！」

　　孫檢察官待欣雅端麵過來，也招呼完其他客人，叫

她坐下來聽他講故事。

「這個故事連我同事都不知道。」，隨即將褲管往上捲，伸出他的小腿，欣雅一看嚇一跳，好長的疤痕，而且還是彎曲的。

「有點嚇人，是不是？」

「孫哥哥在唸大學時有一個女朋友，也是交往幾年，若沒出事情，現在妳要叫孫大嫂了。」

「那你們是怎麼樣了？」

「全部都刻在這隻小腿上，妳看疤痕是不是像一個愛心剖了一半的樣子。」

「對，這個角度看有點像。」

「其實這個疤痕不是一次手術留下來的，是四次！」

欣雅嚇了一跳。

「差不多七年前，我大四時，騎著野狼機車載女朋友走北宜公路要去宜蘭的太平山步道健行，那條公路是有點危險，所以我慢慢騎，全程時速都壓在五十以內。」

「結果我後面的一輛看似工人騎的機車以高速飆過來，擦撞到我的車子，我一時重心不穩，車子大幅度搖擺，而那台機車騎士又干擾到對面的小貨車，使得那輛小貨車也失控地衝過來。」

「就這樣，我的女朋友變成了天使，我全身多處骨折，其中小腿因被機車卡住，傷得最嚴重，是粉碎性骨

折。」

「我醒來時，才發現女友已過世，悲痛不已。」

「我跟莉莉是國中同學，我們兩家只隔條馬路，高中時我們一個唸竹女，一個竹中，放學時都是一起坐公車回家的。」

「女友的過世，讓我無法面對她家人，我也愧對自己的父母親，因而決定休學一年，住在東部的親戚家療養身心。」

「這一年我除了復健外，把滿滿的思念與愧疚感化做動力，苦讀六法全書，我矢志要當檢察官，把當年的那個該死的摩托車騎士給揪出來！結果可能是女友保佑，一次就考上了。」

「他是誰？他沒事嗎？」

「他閃掉了，應該沒事，不過我記得他的安全帽是一頂黃色的工地帽，我事後查了一下，那附近的確實有個工地。」

「只是出事現場因為沒有攝影機，我沒法確定他是誰，但我合理懷疑，他有喝酒。」

「所以我現在當檢察官，來到了霧峰」，孫檢察官又唱了一下。

「生來為了認識你之後與你分離」

「這段歌詞，若沒有經歷過這種生離死別的人，怎

第廿回　失戀需要的是時間　還有一個對的人　133

可能寫得出來。」

欣雅真沒想到，平時英氣逼人的孫檢察官也有這麼淒涼的故事，跟他比，好像自己的遭遇真的不算什麼。

「欣雅，失戀需要的是時間，還有一個對的人，就沒事了。」

「但孫哥哥永遠有一個 broken heart 刻在小腿上，妳說是不是造化弄人？」

欣雅的心因為沉浸到孫檢察官的往事，反而舒坦許多，她也覺得，再一陣子自己就會好很多了。

「欣雅，不然這樣，妳有一顆破了一半的心，我也有一顆破了一半的心，我們就湊一對好了，妳就跟孫哥哥到處走走，我們當一對非情侶關係的知心好友，如果一段時間後，妳對孫哥哥有不一樣的感覺，我們或許可以進一步交往，如何？」

欣雅覺得孫檢察官人品端正，也不失為一個好對象，不如就以此來療情傷，只是她一想到敬友，心中還是無限惆悵。欣雅說：「好，但是我們頂多只能像是哥哥妹妹般的牽手。」

孫檢察官哈哈大笑：

「我早就牽過了，妳應該記得吧！」

欣雅當然記得，那天就是孫檢察官在幫自己看手相時，敬友突然來到店裡的，那一天她這輩子都不會忘記。

就這樣，孫檢察官要改叫孫哥哥了，不對，孫檢察官全名叫孫正賢，他要欣雅以後叫他大賢。欣雅叫不太出來，經常是孫檢察官、孫哥哥或是大賢三種名稱混著叫，倒是啟琳與志學先叫起大賢來了。看到欣雅慢慢重啟歡笑的啟琳與志學，一顆懸浮的心總算是落下來了，欣德更是高興，他認為大賢一定能給欣雅一個美好的人生。

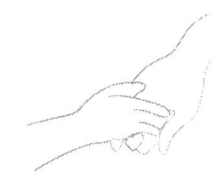

第廿一回
各奔東西

　　過年期間，交大大四的這群同學全部都在準備研究所考試，在交大八舍的阿成每天白天唸書，晚上在地下室跟同學看福利社播放的天龍八部的港劇，一個晚上看三集，看得阿成覺得天龍八部比起近代物理有趣多了。小芬則是在竹軒努力準備，而研究所的考試就在過年後開始。

　　欣德的工作早已談好，畢業後立即進半導體公司擔任研發工程師。耿亮則是忙於他的晶體光學實驗，有的時候影像會順利地跑出來，有的時候影像就是出不來，他懷疑是不是系館隔壁的體育館內晚上練球造成的震動，使得他的實驗一直不穩定。

　　到了放榜的時期，小芬如願地上了電子所，阿成則是高分考上了清大、中央與成大的研究所，就是在交大的光電所落榜，這真是一個不小的震撼。小芬得知後，劈頭就罵：「你還說天龍八部比近代物理精彩咧！」

　　「你就是敗在近代物理！」

　　「妳說的沒錯，近代物理出了三題高能物理，三題

量子力學，九題中任選六題作答，今年出題的老師顯然是要修理本系大學部的畢業生。」

「誰不知道，電子物理系的老師從來不教高能物理的，老師說本系只學低溫物理。」，阿成認為是出題老師作怪。

「還低溫物理呢！我看你們是低能物理才對！」

阿成的心情已夠糟，小芬還在氣頭上，因為她想到沒有阿成在交大陪伴，未來二年的生活要怎麼過下去！

「這次出題的確很反常，聽說你們班上過去鬧過學潮，有些老師對此很不高興。」耿亮也覺得這樣的出題方式分明是要趕走自己的大學部學生。

最後，一心想唸光電的阿成選擇中央大學的光電所，因為全國就只有兩個專業的光電所。

六月份，畢業典禮之後，這個四人組即將分離去四個不同的地方，小芬的交大、欣德的半導體公司、阿成的中央大學和耿亮的台南砲兵學校。

離別聚會中，一向得意的阿成，還是得意洋洋。

「聽說中央的光學很強，有一兩個老師很厲害！」

「好像有聽說過。」耿亮同意的點點頭。

「不過妳們知道嗎？中央最厲害的是甚麼？」

「是什麼?」欣德與耿亮異口同聲問，只有小芬知道阿成八成要出招氣她

「聽說中央大學女生是全國最有氣質的！」阿成故意將眼睛瞇了起來。

這下子小芬快要氣炸了，阿成繼續：「不過，再怎麼有氣質，也比不上我們欣德呀！」耿亮跟欣德已經覺得阿成再白目下去，小芬的大小姐脾氣要發作了。

「小芬，妳別急！待我安頓好後，我載妳去中央校園晃晃，讓中央的女生們知道宇宙無敵超級美女是長什麼樣子。」

小芬睜大眼睛瞪著阿成，再加上一副鬼臉。

「就是長得像我這樣子，行不行！」小芬真的怕極了，她沒法想像沒有阿成的日子。

到了七月，欣德進半導體公司服務，住在公司宿舍，每天走路上班，吃飯公司有補貼，因此每個月可存不少錢。公司知道她是有天賦的高材生，給她的任務是去計算 VLSI 元件的微小尺觀的電子傳導特性與雜訊之間關係，這當然不是簡單的任務，尤其是當元件的尺度越來越小時。公司為了讓 RD 工程師能體驗公司的製程，RD 工程師偶爾也得穿著無塵衣進入產線。這種無塵衣穿脫都很麻煩，一般人會先去上完廁所再穿無塵衣，免得穿上去又想上廁所，同時也得少喝水為妙。欣德不是太習慣這種衣著，慶幸自己不是在無塵室工作的員工。欣德受到特別的器重，以她的職級很難接觸到高

她數等的經理級幹部,但是她是被特別允許參加一些高級的 RD 會議。

這一天,阿成開著他剛買的二手車回到交大,剛好耿亮也放假,四人又聚在一起。小芬很高興阿成有車,可以經常來交大找她,阿成說這是他為小芬,花了畢生積蓄買來的。欣德發現下部隊的耿亮怎麼不瘦,反倒變胖了。

「在砲校受訓時,每天跑三千,吃飯的餐盤沒有洗碗精可洗,妳們知道我們用什麼洗的?」

「用洗衣粉泡的水去洗盤子,是不是很誇張?吃的又爛!」

「部隊好太多了,每餐都豐盛,我是軍官又不用洗盤子,幾週下來我就變胖了。但是部隊很複雜,什麼人都有!我們連上煙毒犯、竊盜犯常見,最近還來一個殺人犯。」

三個人聽完後,眼睛睜得大大的,尤其是阿成。

「那我現在自宮,開始練葵花寶典,順便不用當兵。」阿成馬上接話。

「好!那我馬上去拿剪刀,我來幫你剪,我的視力很好,專門修理小東西。」小芬作勢要離開位置找剪刀,搞得欣德與耿亮哈哈大笑。

欣德在公司工作後,直覺半導體要繼續做下去,曝

光的線寬就要一直變窄，光波的波長就要更短，這顯然是光學問題，因此問阿成：「阿成，你在中央有學過嗎？半導體的曝光機的成像的線寬與波長相關，還有沒有其他方法可以讓線寬縮小？」

阿成想了一下：「有一門課叫傅氏光學，好像就在講這個問題，因為這種成像系統都達到物理極限了，已經非幾何光學可以處理的。但這門課超級抽象，數學雖然不算頂難，但整個理論已經難倒一堆同學，我也是似懂非懂的。我們系上最有名的那位教授正好教這門課，教授說他也是聽遍了國內外幾個大師的課，才慢慢想通的。」阿成隨即神來一筆地說：「那你們就研究用 X 光來曝光好了，X 光的波長最短了，又到處都在用。」

「哎！阿成，你又不是不知道，現在沒有 X 光的光阻劑，空有 X 光有甚麼意義。」耿亮接著講。

「那不會把曝光機浸在液體內不就得了，真空中的波長變成除以液體的折射率就變成實際曝光的波長，馬上就變短好多。」阿成不當一回事，一邊啃雞腿，一邊嘻嘻哈哈在鬧小芬。

欣德心中一驚，她好像在 RD 會議聽到一位剛從美國回來的頂尖 RD 主管也這麼說，而且這被列為公司最高機密，沒想到學光學的阿成一口就講出來其中的奧妙之處，中央的光學的確不同凡響。不過她得立即轉

移這個話題,以免洩密。

聚餐後的阿成與耿亮一起去打羽球,欣德與小芬則是在竹湖草皮上坐了下來。

「欣德,聽說耿亮退伍後你們就要結婚了?」

「對呀!這是雙方家長的共識,我們已經計畫要開始找婚紗公司了。」

「好好喔!我很想看到妳穿婚紗的樣子。」

「小芬,妳跟阿成一定是我們的伴娘與伴郎,我們改天一起去找婚紗公司,耿亮在部隊,不太方便,這一切由我決定即可。」

小芬幻想起她披嫁衣的美景,只是阿成畢業後還得當兵,搞不好那時還要請欣德的小孩當花童,就不自覺嘆了一口氣。

「我要披婚紗,還要很久呢!」

「別急,晚一點結婚,搞不好婚紗種類更多,妳只要顧好阿成即可。我的楊爸爸還有鄰居孫檢察官都講,男生像阿成與耿亮這種個性的人,將來的事業都會做得不錯的。」

「希望是啦!」

「否則他又要練什麼葵花寶典之類的鳥功了。」

其實在欣德的心中,仍有一件事讓她頗為煩悶。雖然欣德在上班的同時,也積極與耿亮一起申請美國大學

的入學許可，但由於耿亮的專長與她的專長不太相同，他們在申請上遇到一些問題，主要是要申請到同一個學校的難度較高。欣德因為有系上的世界級大師的推薦，幾乎每間申請的學校都拿到入學許可，部分還拿到全額獎學金。但是耿亮的成績稍遜，就沒那麼好了，能拿到與欣德學校的入學許可是不太容易的，更何況是要拿到獎學金。幸運的是，雖然欣德可以進入排名更高的長春藤大學，欣德與耿亮最後都同時獲得加州大學洛杉磯分校電機系的入學許可，欣德也無意外地獲得全額獎學金，這代表他們二人可以在同一個學校，甚是同一個系上就讀。至此，欣德雖捨棄在常春藤名校就讀，但是 UCLA 仍是一所非常傑出的大學，她心中已非常感恩上帝對她的眷顧。

第廿二回
純真時代的結束

　　以少尉軍官服役的耿亮終於在五月退伍,他與欣德的婚紗也早拍好了,郎才女貌,羨煞許多人。欣德靠二年的工作存了幾十萬元,有了楊爸爸的特別贊助,籌到了八十多萬的金額,加上全額獎學金,經濟的問題完全解決。其實她無須如此辛苦,因為耿亮家境不錯,而且耿亮的父母早有意資助這對新人,只是欣德認為,能自己來的,就不要跟父母親伸手,因為他們已經為子女付出太多了。

　　耿亮與欣德的婚禮就訂在七月,在豐原的一家大飯店舉辦,啟琳與志學是主婚人,同年的欣雅與小芬是伴娘,互相輝映,阿成與羽球隊友小胖的伴郎組則顯得趣味十足。當欣德挽著志學出場時,宴會廳歡聲雷動,尤其是一大群交大的同學與羽球校隊隊員更是大聲歡呼。啟琳忍著眼淚,直到坐到主桌時看到志學帶出新娘,將新娘交給新郎時,再也無法忍住,一直拭淚,志學回座時更是抱著啟琳,痛哭了起來,反而是啟琳要志學控制一下,因為待會還要上台。全場另一個焦點是欣雅,她

穿的小公主裝,實在是美極了,要不是已有一個英俊挺拔的檢察官護花使者,那一群交大的同學每個都蠢蠢欲動。

阿成跑到一旁的大賢身邊,輕聲講:「你跟欣雅現在是真的交往還是假的,聽說你們還有協議?」

「真真假假、假假真真、真的假不了、假的真不了。」

「你們讀法律的真麻煩,我完全聽不懂。」

「我講真的呀!」

欣雅與大賢這一段時間雖說經常結伴同行,但是大賢感覺得出來,欣雅仍然無法忘掉敬友,畢竟這是她的初戀,還交往了五年,在沒說破的情形下,就此結束。大賢對這些不以為意,他又何嘗忘得了他在天堂的前女友,兩人都需要時間,而他早就見過大海,現在只不過是一個小湖,根本不算什麼,他只要與欣雅珍惜當前即可。

婚禮上,耿亮的爸爸上台致詞,把欣德這個媳婦用力地稱讚一番,當然也不免稱讚了一下親家與親家母,甚至把欣德親生父親是因公殉職一事也拿出來講。顯然是講過頭了,欣德與欣雅都因此留了不少的眼淚,只有啟琳反而是面帶微笑地撐住了場面,而且一隻手緊緊地握住志學。志學在啟琳耳邊輕聲:「妳什麼時候手這麼

有力!?」

「謝謝你。」啟琳的另一隻手掌也蓋了上來,其實啟琳早已淚眼婆娑,強作鎮定的她反而在此時真心感謝這個幾乎陪了她一生的摯友與先生,沒有志學,怎會有今天!

婚禮後,欣德與耿亮就住在神岡的家裡,欣德是一個面面俱到的人,雖然頂著學霸的頭銜,但是對於公婆與先生,待人接物樣樣令人感到無可挑剔。公公與婆婆對這個天才媳婦疼愛有加,即使再一兩個月他們就要出國,仍然買了一輛新車給耿亮,要他有空要多載欣德回娘家。欣德非常捨不得楊爸爸、媽媽與欣雅,她很內疚,心裡明白在家中最多苦難時,自己承擔得最少,現在卻早早結婚,還要遠赴他鄉求學。志學一眼就看出欣德的內心,拍拍欣德的肩膀:「不用擔心家裡,這裡有我,會照顧妳媽媽的。」

「欣雅大學也畢業了,她會留在店裡一陣子,這邊有大賢在,也不用擔心她。」

「到了美國,安頓好後,一定要打個電話回來報平安。」

就這樣,到了登機的這一天,志學一家與耿亮一家同時來送機,大家在依依不捨的情形下,目視耿亮與欣德進入出境的檢查大廳。這時欣雅遠遠看到一位推著行

李車的人，好像是敬友，可是她並不確定。今日同時有三班班機飛洛杉磯，因為洛杉磯是很多人去美國的第一站，所以出境大廳滿滿都是人，場面頗亂，很多都是赴美的留學生，而且行李都是一大包一大包的。欣雅覺得沒有這麼巧的事，應該是她看錯了，而且那個人看起來明顯比較瘦。

到候機室的欣德雖然捨不得家人，但是也從來沒來過機場、坐過飛機，感覺樣樣都新鮮。然後，她看到了一位年輕人向她走了過來，那人正是敬友。

「欣德，妳還認識我嗎？我是張敬友。」

耿亮睜大眼睛：「這麼巧，欣雅剛剛還在出境大廳。」

「我知道，我看到她了。」

「妳不想跟她見面？」欣德問了一下。

「不了，其實你們的婚禮，我也在場。」

「什麼！？」耿亮與欣德都大吃一驚。

「反正我是一直在注意欣雅還有你們家的事情。」

「欣德、耿亮，恭喜你們，祝你們白首偕老。」

欣德記起來了，敬友一向是一個謙謙君子。

「我沒辦法跟欣雅見面。」

「我媽媽極力反對我與欣雅交往，我沒辦法辜負媽媽的養育之恩，也無法與她溝通，我的爸爸已經在旁盡

力緩解，可是沒用，我很擔心爸爸最後會受不了，離開我媽媽。」

「為了欣雅好，為了讓她找到更好的歸宿，我只好避不見面，也不講什麼，讓時間來治療我們心裡的傷痛。」

「不過，欣雅身邊看起來好像有新的男友了。」敬友有點落寞。

欣德瞭解敬友的想法後，也決定不講欣雅與大賢目前並非是情侶關係，最好的方式是讓敬友離開欣雅的世界。

「敬友，你也要出國留學？」

敬友點點頭：「我要去德州大學奧斯汀分校，今天先飛到洛杉磯，再去轉機。」

「請不要告訴欣雅，讓我在她的生命裡消失，這樣對她才是最好的。」

欣德確實瞭解到，敬友對欣雅的無私的愛已經超越凡俗，是要讓所愛的人能夠獲得幸福的真愛，當他發現自己無法給予幸福時，自己默默退出，要讓欣雅早日找到真正的幸福。

「好巧呀！我們居然在這裡碰到。」欣德講著講著，雙手握住敬友的手，感謝敬友對欣雅的愛：「我們在這裡跟你承諾，我們不會對欣雅說今天發生的事。」

「今天我們碰面，這不是巧合，我是故意安排的，我早已知道你們的班次了。」

「你怎麼這麼清楚？」

「我有一個高中同學是交大羽球校隊，我請他向阿成打聽的。」

耿亮這才知道，敬友能夠這麼瞭解他們的計畫，原來是阿成跟球隊裡的小胖講的，結婚的事情與細節也大概是小胖傳給敬友的。他覺得敬友真的很愛欣雅，但是事與願違，一個獨子被一個媽媽給箝制住了，他同情敬友只是一隻拴著小鐵鍊的鳥，他這次出國，或許才能找到他人生真正的自由，只是苦了欣雅。

欣德不想讓欣雅的生活再起波濤，與耿亮說好，絕對不告訴欣雅敬友與他們在候機室相遇的事，當然也不會告知欣雅，敬友將去德州奧斯汀大學唸書的事情。

他們真心希望大賢能填起欣雅心中敬友所遺留的空缺，保護欣雅一輩子。

第廿三回
無法理解
也無法想像

　　啟琳無法理解，為何這一切都發生得如此之快，兩個女兒都已長大成人了，大女兒結婚還出國留學，二女兒身邊也有大賢，她應該可以漸漸放下心中的負擔了。

　　大賢其實非常忙碌，加上案子蠻多的，東奔西跑，有些時候還要徹夜辦案。他嫉惡如仇，覺得有罪的人，一個也不想輕饒；但是他也會協助無罪的人，還給他一個清白，就像是楊志學。這一天大賢很興奮地跑到店裡，看到欣雅，緊緊地握著她的手，說：「我找到了！我找到了！」

　　「你找到了什麼？」欣雅一臉疑惑。

　　「我找到了當初在北宜公路撞到我的那個騎士，幾乎可以確定！」

　　「你怎麼找到的？」

　　「我花了好長的時間，去找到那一天、那一個工地的工人名單。」

　　「更重要的是，他們的交通工具我也找到了，我有

所有車的牌照號碼。」

「然後我一輛一輛去對，總共有三輛符合當天肇事車型的特徵，其中有二人是年輕人。」

「我又查了一下，有一個人在那一天有就醫紀錄！這出乎我意料之外，我原以為他的機車只是一時不穩而已，最後是全身而退的，因為我在撞車之前是有看到他的車遠離我們。」

「我最後查到了他那一天在稍遠的地方自撞，然後骨折送醫，這應該錯不了！」

欣雅也同意，這個人應該就是造成大賢人生慘劇的元兇。

「欣雅，妳願意陪我跑一趟嗎？我要去會會這個王八蛋，他的名字叫吳漢雄。」

欣雅看大賢這麼激動，她想想也好，因此他們決定週六一大早動身，晚上即可回到霧峰。這個人家住在新店的郊區的一個國小邊，從霧峰過去，開車只要上二高一路開到新店即可，路途雖遠，但是交通時間還好。欣雅也決定看看這個造成大賢人生悲劇的惡魔到底是什麼三頭六臂。不過，雖然大賢是一個檢察官，但是這非其管轄，他也無任何權力可以以檢察官身分審問對方，純粹是要去找一個答案。

經過大約三個小時的車程，大賢與欣雅總算在中午

以前到達附近，大賢要欣雅先陪他在對方家附近的國小旁找一個餐廳用餐，他順便觀察一下這裡的環境。午飯後，大賢與欣雅按照地址找到了這個人的房子，是一個靠近山壁的平房，看起來極簡陋，根本是鐵皮屋。他們除了在外面看，似乎也找不到什麼方法或理由可以接近。

　　欣雅想到一個方法，她要大賢假裝在尋找一位當時他們工地的同事，所以過來問這個吳漢雄。大賢覺得這是個好主意，所以特別從當初的工地名單挑一個名字出來。他們走到屋前，敲了門，一個中年婦女出來應門。

　　「請問吳漢雄先生是否住在這裡？」

　　「你們找他幹什麼？」幸好大賢帶欣雅一起來，否則光是大賢一個人來，別人還以為是警察來了。

　　「喔！我們在工作上要找一個人，叫李樹木，他以前是吳漢雄先生的同事，所以我們來問吳先生，看看是否吳先生有他的聯絡方式。」

　　「李樹木發生什麼事？」

　　「沒什麼事，只是戶口上要確認一下而已。」欣雅趕快來解圍，他很怕大賢官威一出來，反而辦不了事。

　　「吳漢雄現在中風躺在裡面，你們可以進去問，但是他腦袋不清楚，恐怕也問不出什麼。」

　　大賢不知會有這個場面，突然一隻手就抓著欣雅衝

進屋裡,看到一個正昏睡的中年人,屋子裡還有兩個小孩正在寫功課。他看到躺在躺椅的中年人,應該沒什麼能力可以講話,他便問婦人。

「吳先生幾年前是否在北宜公路出過車禍?」

「你怎麼知道?就是那個車禍害死他,他撞到骨折,還腦震盪,花不少錢!」婦人氣憤地講。

「我們那時結婚三年,我第二胎在宜蘭要出生時,他急著趕來,不小心就撞成重傷。」

「我們女兒滿月後,他才出院第一次看到女兒的。」

大賢的手一直在顫抖,原來當初肇事的人是為了妻子要生產才騎那麼快。

「他們在工地裡沒事都會喝酒,大概是先喝了酒,又騎得快,才撞車,我想應該是這樣。」

「後來他因為行動不太方便,工作也沒了,就待在家裡,前一陣子突然中風,就變成現在這個樣子。」

大賢想開口,問他們如何維生?沒想到婦人直接回答:「前面的檳榔攤就是我家的攤子,現在我們全家就靠那個攤子。」

欣雅看到這個場面,心中非常同情這一家人,他們的遭遇與自己的家有些類似。她走去看看兩個在寫作業的小孩,摸摸小孩的頭,有無比的心疼。

兩個小孩抬頭看了一眼,以為這是學校的訪查。

「你們有申請政府的補助嗎？」

「怎麼申請？又沒人幫我，我老公就那副樣子，我只有小學畢業，什麼都不懂！」。欣雅聽到小學畢業，馬上想到小芳，她不知現在小芳到底在哪？！

「申請低收入的補助的事交給我好了，來，給我你們的身分證，我抄一下。」，大賢顯然也動了惻隱之心，欣雅覺得大賢一定可以幫他們。

就這樣，回霧峰的路上，大賢一句話也講不出來，看起來他心情沉重。大賢跟欣雅商量，他們能否順路到苗栗的一個地方去祭拜他的前女友，欣雅當然同意。就這樣，大賢將車子停在靈骨塔的停車場，大賢示意要欣雅在車子裡就好，他則是走出車子，對著靈骨塔。

「莉莉，我已找到當初害我們的肇事者了！他叫吳漢雄，現在人不是人，鬼不是鬼，已經受到上天的懲罰。莉莉，不要再眷戀了，過去的就讓它過去，下輩子我們再相會！」說完，大賢雙手合十，點了三個頭，隨後上車，疾駛而走。

「八年了，我仍能聞到莉莉在車上抱住我時的淡淡清香，她是那麼善良，那麼渴望幸福！」欣雅看到大賢不斷地流下眼淚，哭得越來越厲害，大賢的心中的創傷實在非一般人能夠體會，也肯定是比自己的傷更痛。可是這個世界到處都有心靈受到創傷的人，而自己到現在

也還沒能將傷口癒合。她無法不想到與敬友的種種，她也曾經坐在敬友的摩托車上抱著敬友，她知道大賢載著女友時那種幸福的感覺，卻被一個急著趕赴妻子生產的喝酒騎士毀了一生，而那位騎士甚至也毀了自己的家庭，欣雅眼眶泛紅，一陣心酸而落淚，心中的感慨與遺憾，隱隱作痛。

　　回到霧峰的大賢，在週一即去電給吳漢雄的里長，請他去協助那一家人申辦低收入補助。里長說吳家因為有遺產，不符低收入戶資格，所以一直沒幫他家申辦。大賢花了幾週查了吳家的遺產，直覺這個遺產不要也罷，根本不值錢，因此請了大學的律師同學去協助吳漢雄他家辦理放棄遺產手續，並申請各種政府補助。大賢出了律師費，也捐了一萬元給吳家。他作夢也沒想到，他追了八年的肇事者，居然是這個局面。

第廿四回
三分之二也不錯

　　大賢在找到肇事嫌犯的這件事情上，給了欣雅一個完美的形象，那真是一個有正義、有義氣也有同情心的男人。欣德在美國聽欣雅講完後，告訴欣雅，大賢是一個值得託付終生的人，要欣雅多給大賢機會。欣雅也覺得大賢是一個不錯的人，但是跟他在一起就是無法輕鬆起來，因為這個人實在太富正義感了，看到不平的事，他一定要站出來討公道，他深覺得大賢就是一個正義天使的化身。

　　又到了過年，大賢回他父母親在竹東的老家過年去了，啟琳一家人則是第一次沒有欣德在身邊的過年。家裡三人在店裡吃完年夜飯，志學載啟琳回家後，要去廟裡跟幾個老朋友喝茶聊天。大年初一零點起，廟裡有祈福活動，這是志學最期待的活動。欣雅則留在店裡看電視，她現在經常一個人就住在店裡的閣樓，不太常回原來的小公寓。她翻起了以前與敬友的合照，她看到敬友突然造訪，她依偎在敬友的懷抱裡……，原來又是一場夢。她實在不想這場夢這麼短暫，她從櫃子裡拿出敬友

送給她的銀戒，戴在自己的右手無名指上，她閉起眼睛摸著那朵未完全綻放的玫瑰，幻想著跟她姐姐一樣的結婚典禮，她穿著跟姐姐一樣的婚紗，她翻著姊姊的結婚典禮照片，去想像如果那天是她與敬友，那該多好。看著看著，她發現其中一張照片裡，與小胖坐在同一桌的一個男生好像是敬友，而且他正拿著相機往自己身上拍照，那時正是姊姊挽著楊爸爸出場的時候，大家應該都把注意力放在新娘身上才對。

欣雅相信，那肯定是敬友，她也認得那一台 NIKON 的 FM2 相機與其紅白相間的背帶，錯不了的。他是怎麼知道的？是如何進來的？欣雅心中漸漸慌亂，他知道敬友一定在某個地方持續地關注她，但是他到底在哪裡？不管他在哪裡，都不重要了。他們是有緣無份的小情侶，彼此是對方生命中的過客，就是如此。

一陣電話聲響，是媽媽從家裡打來的電話，說楊爸爸在去廟的途中，被一輛車子猛烈撞擊，目前人已由救護車送到醫院去，媽媽要欣雅趕快騎機車載她去醫院看楊爸爸。

醫院急診室裡，不見楊爸爸，說是推進去照 X 光，因為楊爸爸說他的頭很不舒服。啟琳與欣雅急得不得了，一陣子後，看到楊爸爸躺在病床上被推出來，楊爸爸身上似乎沒什麼外傷，但是臉上倒是腫了一大塊。楊

爸爸看到啟琳與欣雅，馬上說：「夭壽！那個年輕人喝酒開車，直接闖紅燈，我車大概報銷了。」

「別管車子啦，志學，你現在怎樣？」

「我的臉撞到方向盤，我的頸部好像有扭到。」

一個醫生看了 X 光片後，走了過來。

「不是輕微扭傷喔！你的頸椎好像位移了。」

「頸椎位移會怎樣？」

「輕者頭痛，重則癱瘓，不過你的狀況應該不會癱瘓。」

志學、啟琳與欣雅三人都嚇出一身冷汗。

「楊志學先生，我們再幫你檢查一下，若沒其他問題，你可以先回去，下週再回來看門診，我們先給你戴頸部固定器，待會護士會告訴你回家如何使用。」

突如其來的一場車禍，把一個大年夜搞得烏煙瘴氣，啟琳堅持要在醫院陪志學，欣雅先回店裡，待出院時，再叫計程車。

年假過後，帶著頸部固定器的志學看到大賢。

「我想你應該知道發生什麼事了。」

「是的，我還要告訴你一個壞消息，那位肇事者今天因傷重死亡，因為他已成年，身上無財產，因此你的車子無法拿到賠償，加上你又沒保險，所以你的車子修理要全自費。」

屋漏偏逢連夜雨，在志學的車子報銷後，啟琳餐廳的房東因要移民美國，準備對外出售，因此租約也受到影響。這下子，啟琳一家陷入了困境，因為現在那個開了二十年的餐廳是他們經濟的來源。志學扶著頭，請啟琳過來。

　　「我看，現在只能將我的店面賣掉，把錢拿過來將餐廳頂回來。」

　　「可是那不是你爺爺傳下來的店面，這樣好嗎？」

　　「現在我們連吃飯都有問題，管不了這麼多了，何況我們是拿一個店面換另一個店面，若不夠，我們再把妳的公寓或是我的透天厝賣掉，看看這樣是否可以？」

　　啟琳對於志學的一路相挺，當然沒意見，他不捨志學可能賣掉現在居住的房子，因為那是祖產，所以萬一錢不夠，她決定賣掉她們三人相依為命的小公寓，去抵掉買店面的差價。

　　於是，店面成了一個四方交易的狀況，最後，志學的店面加上啟琳的小公寓售出，再以相近的價格買入啟琳的餐廳店面，總算是有驚無險。這下子，欣雅的房間就真的變成了餐廳的閣樓了，這倒是沒造成欣雅的困擾，因為她住這個還算寬敞的閣樓裡有一段時間了，還有，這裡是她以前經常陪敬友吃麵的地方。

　　大賢的辦事能力極受地檢署的好評，長官給予非常

高的評價,他勿枉勿縱的個性獲得正直長官的賞識,但是想投機取巧、大撈油水的廠商卻想移除這個眼中釘。年後,大賢獲得長官的接見,這次,長官示意大賢將要升官,可能升任地方的主任檢察官,但是要調離目前的地區。長官提了幾個地方,看看孫檢察官是否有興趣,其中有一個職缺在台東地區,主要任務去整頓森林濫砍的山老鼠。大賢非常有興趣,因為他與已逝的前女友都非常喜歡山林,以前一起造訪過多處台灣山林,對於山老鼠深惡痛絕。而此時,他想到了欣雅。

又是一個週二,大賢來到欣雅的餐廳,欣雅二話不說,直接煮了一碗他最喜歡的大滷麵給大賢。

「欣雅,對我感覺如何?」

「很好啊!」

「我是說,那種感覺,我們是不是要再往前一步呢?」

「我想想看,我覺得你將來應該是一個好丈夫,但肯定不是一個好情人!」

「妳有聽過一首歌名叫做 Two out of three ain't bad?」大賢講著。

「我是外文系的,又愛聽歌,你認為我會不知道這首 Meat Loaf 的抒情搖滾?」

「這不就結了,三個之中,我有兩個好,那就夠

了。」

「你的好應該不只兩個吧！」

「那不是更好！」

大賢雖然不太有把握與希望，不過聽到這裡，受到點鼓舞，心想乾脆來一次直球對決。

「我要升任主任檢察官了，但是要調到台東，整頓那邊的森林，抓山老鼠；我們結婚，妳跟我去台東，我們生兩三個小孩，讓他們在那一片山林中長大。」

欣雅雖然也喜歡台灣東部的原始自然景觀，但是她怎麼放得下現在身體已經越來越虛弱的爸爸媽媽，何況，她經營的這個店是全家的經濟來源。

「大賢，吃完麵，我們去省議會散步，好嗎？」

於是，在大賢吃完麵後，欣雅上樓，帶起了那隻銀戒，她凝視了銀戒上的玫瑰花，輕輕地觸摸了一小會兒，然後穿了一件小外套。她與大賢手牽手，像是小妹妹牽著大哥哥，兩人慢慢地走到省議會的草坪。

欣雅告訴大賢，她雖然很喜歡大賢，也曾想過成為一個檢察官的夫人，只是，她跟大賢的感覺還不到更進一步的境界，也許再半年，也許再一年，她會有感覺的。但是，她不能在目前這個節骨眼，跟大賢去台東，因為她放不下身體虛弱的父母親，況且，她需一肩挑起家中的擔子。她跟大賢講：「也許我只是你的過

客而已,沒有我,你去台東更能揮灑。」

大賢幾乎講不出一句話,因為他知道實在不應該在這個時候帶走欣雅。

欣雅投入大賢的懷抱,將大賢緊抱了好一會兒,然後在大賢的臉頰上,輕輕地親了一下,隨即要大賢送她回店裡。

大賢這下子似乎整個人傻了,他陶醉在欣雅的溫柔裡,但是這一個最後的溫柔,證明他的這個直球是一個壞球。

就這樣,孫正賢隔月在台東布達典禮上就職主任檢察官。

欣雅再一次的犧牲,欣雅看著窗外的星辰,告訴天上的父親,她要永遠留在母親身邊,做母親的小天使,替父親照顧母親,替母親照顧楊爸爸,這個想法頓時使她自己覺得非常地幸福,因為她做得到。

第廿五回
未綻放的玫瑰

　　時光飛逝，霧峰歷經九二一大地震的摧殘後，又再度地重建起來，市容恢復到了以往的繁榮，台灣的政治也歷經了多次的輪替，猶如一場地震般，整個社會都換了一個新的面孔，而啟琳的餐館，此時已是一家在地三十年的老店。這個曾經是啟琳帶著欣德與欣雅一對姊妹的小餐館，歷經這麼多年的歲月，目前是一家裝潢典雅，經營著新古參半又中西合璧的餐廳。在這裡，可以吃到傳統的牛肉麵、與大滷麵，但是也可吃到排骨套餐、鮭魚套餐與去骨雞腿套餐的一個小有名氣的餐廳。不同於一般的餐廳，其中名為正氣咖啡也是一個特點，因為這裡使用的是經過特殊烘培的台灣咖啡豆，那是志學的國中同學所經營的農場所生產。欣雅特別調理的咖啡，滋味有略帶酸味的香醇感，雖比不上國際頂尖的咖啡，但是，卻有一番特殊的味道，在口中久久不散，隨後若能飲一口白開水，更是甘醇不已。正氣咖啡的名稱是志學取的，因為這個咖啡沖泡的方法是大賢教給欣雅的，他要欣雅正向看待人生的失落，就如咖啡中的各種

味道一樣，都是甘醇與甜美。已將孫檢察官當作偶像的志學，每天都來店裡跟欣雅要一杯這個回味無窮的咖啡，這個限量的咖啡在這個鎮上相當知名。

店外的廣告板上標示著這個餐館的名稱，德雅玫瑰餐館，大家都知道女主人是一位風姿卓越的熟女，氣質優雅、手藝絕倫，餐館外看板上的玫瑰看起來尚未完全綻放，與三十六歲的欣雅看起來有點對映，又稚嫩了些。年齡已有六十歲的啟琳與志學，雖然天天來店中小坐，不過啟琳除了在假日觀光客較多時進廚房協助外，一切都是由欣雅一人包辦。

在太平洋的另一邊，欣德一家人住在舊金山灣區，她與耿亮有一個九歲的大女兒 Lisa 與一個六歲的小兒子 Chris。耿亮是矽谷一家 IT 大廠的中階主管，他其實一直都在欣德的身邊支持欣德在學術界上的發展，看著欣德取得博士學位，到加州理工學院擔任博士後研究員，然後一起搬家到灣區。搬到灣區的原因是欣德要迎接他人生的重要里程碑，獲聘為柏克萊大學的助理教授。轉眼之間，欣德已是一名中生代的終身教授，同時是多個學會的會士，是電子材料元件領域的世界知名學者。

欣德與欣雅，一對雙胞胎，卻有著相當不同的發展，欣德是世界知名學者，欣雅則是霧峰街上著名餐廳的經營者，雖說客觀成就上有極大的差距，但是，一個

人的成功與否，是否與社會上的名位成正比，可能每個人的答案都不一樣。

已到熟齡的欣雅仍是單身，光是這件事情，在這個鎮上早就是公開的秘密，就連正氣咖啡的由來也都有各種不同的版本。大家都知道欣雅當年是這個鎮上最美麗的女孩，但是她早早就放棄了原本的花樣的大學生活，選擇在店中幫忙，成全了在美國唸書的姐姐。很多人都知道或是聽說她是為了陪伴母親而選擇留在這個小鎮上，也傳言她曾經有過一段戀情，因未知的事情而告終，還有曾經有過一個出色的檢察官的猛烈追求，但是隨著檢察官被調走，也沒有走到最後。大家也傳說，這個檢察官就是現在因偵辦大案件而經常在電視上出現的孫檢察長，而他也正是十多年前偵辦著名的冷氣機弊案的檢察官。

三十六歲的欣雅，雖已褪去當年的青澀，但仍然相當美麗，她淒美的故事是鎮上的一個謎，也是鎮上最引人遐思的八卦。有次，該餐廳因受到美食節目的訪問，花邊新聞不斷的著名主持人，在訪問時對欣雅總是目不轉睛，在訪問中居然當面向欣雅要電話，令其旁的眾女藝人各個相對失色。主持人隨後展開一段似假似真的追求，在周刊報導後，更讓欣雅的餐館聲名大噪。

對於這些有的沒的社會紛擾與八卦，欣雅根本不當

第廿五回　未綻放的玫瑰　　167

回事，她只在乎爸爸媽媽與姐姐一家人。這個暑假，姐姐他們全家四個人將返台，這才是欣雅、啟琳與志學這一家人天天所期盼的。

六月中旬，大家期盼的日子終於來到，欣德一家人搭乘華航飛抵桃園國際機場，很快地他們就到達烏日的高鐵站。但是，因為耿亮的父母親先把一家人接到神岡老家，晚上有一個巨大的家庭聚會，所以，啟琳一家人要團圓還得再等一天。

這一天，這個著名的餐館關起門來，主要是為了迎接欣德一家人。一見到面，欣德與啟琳、志學與欣雅一陣擁抱，同行的女兒 Lisa 與 Chris 也上前擁抱。已經開始成長的 Lisa，長得與欣雅有點像，她與弟弟從小雖然接受美國教育，但是在家中一律說中文，欣德與耿亮也請台灣的留學生來當中文家教，為的就是不要不中不西，一對兒女不但要講得一口流利的國語，文字也得書寫得來，因此，這一對姊弟回到台灣，溝通上可是一點困難也沒有。今天是耿亮開著爸爸的車來的，晚上除了欣德留下來，兩個小孩還要跟他一起回去神岡家中住。

回來的第一天，代表著一年又過去，有著說不完的話，而最重要的是，啟琳要拿出她的拿手好菜來款待大女兒一家人，因此，欣雅也跟著啟琳忙了一整天了。啟琳的快炒茄子雞丁與螞蟻上樹是拿手菜，雖然啟琳的右

手已不復年輕時有力,但是新時代的炒鍋也不像以往那樣笨重,所以啟琳仍然可以駕馭這二道菜所花費的力氣。但是事實上,欣雅也早就學會了這二道菜的快炒訣竅,只是當她看到媽媽費力地準備這二道菜時,心中其實是有無限的欣喜,她也就靜靜地在旁協助準備食材。欣雅的拿手菜其實更多,除了媽媽的絕學外,她對於煮麵有一套自己的配方,麵條 Q 滑是絕佳下麵時間與溫度掌握能力的表現,而湯頭的鮮美不膩與食材的新鮮與多樣,更是其拿手湯麵廣受歡迎的另一個主因。欣雅當然也為欣德一家人準備了牛肉麵與大滷麵各一大碗,讓大家分食。端上餐桌不到一會兒,欣雅的牛肉麵馬上被這一對姊弟吃光,大滷麵則是耿亮與志學搶著吃。欣德吃不到麵,盛著一點飯,和著茄子雞丁與螞蟻上樹,她覺得能每年吃到媽媽煮到的菜,真是無比幸福。欣雅也是,她平常幾乎是吃不到這二道菜,她怎麼能讓媽媽過度辛勞地去為自己專程準備這二道已是一年只能吃一次的佳餚。只是,Lisa 與 Chris 非常快速地吃完了牛肉麵後,還一直要欣雅阿姨再幫他們煮一碗,因為在牛肉麵的牛肉入口即化,比起美國吃到的牛肉,不知道要好吃幾倍。

晚餐過後,耿亮載著兩個小孩離開,欣德與欣雅、啟琳、志學四個人待在餐館又彷彿回到過去,欣德忙著

講述這一年來她們在美國的情況。

「你們大家不要嚇到！」欣德壓著聲音講著。其他三人一聽，當然耳朵都豎起來了。

「Lisa 在學校惹了一個不小的麻煩。」

三個人已經坐不住了，他們覺得 Lisa 看起來沒什麼不對勁。

「Lisa 有一群很要好的同學，其中有一個叫 Sasha 的同學最近被查到在超級市場有長期的偷竊行為。」

「剛開始以為這只是一個一時興起的調皮的行為，但是經過調查，這個女孩子是一個慣犯。」

「更糟糕的是，她供出她所有的偷竊都是一群人一起做的！」

三個人異口同聲：「Lisa 也有參加？！」

「不完全是，不過有幾次 Lisa 就在現場，監視器也拍到，Lisa 雖不是偷竊者，但是 Lisa 與其他同學卻在當時都知道 Sasha 的情況，因此，被視為共犯。」

欣德講起來雖然不慍不火，但還是可以感覺出來她對 Lisa 的憂心。

「那 Lisa 會受到什麼懲罰呢？」

「這個還好，因為幾個女同學包括 Lisa 的供詞都是一致的，Sasha 的行為是無法控制的，她們幾個女生有一直勸 Sasha 要趕快去就醫，而且都願意協助。」

「這些在他們的通話紀錄上都有被找出來，所以少年法庭的法官覺得 Lisa 等人應該可以只開警告單即可，但是 Sasha 需要被送去做長期的心理治療。」

　　「那 Lisa 就可全身而退，沒有紀錄？」欣雅跟著問。

　　「也不是這樣，因為她們就讀的是一所高級的私立小學，已經有其他家長施壓學校要這一群女生轉學，以免她們的學校名聲受到影響，最後影響大家的升學。」

　　「Lisa 其實有受到影響。」欣德這時才顯露出憂慮的臉色。

　　「姐姐，那妳有考慮讓她乾脆回到台灣來唸小學？」

　　「欣雅，我與姊夫都相當忙碌，我已經在向系上請休假，想花更多的時間來陪 Lisa，但是把她放在台灣，我心有餘力不足呀！」

　　「姊姊，這裡有我呀！我來照顧 Lisa 應該還好，我們從小唸的國小就在我們餐館不遠處，即使國中也沒多遠，走路都可到，只要你們覺得可以，Lisa 不排斥。」

　　志學點點頭：「那我們豈不是有孫女在身邊了，喔！她長得跟欣雅小時候很像，一定會引起大轟動，班上來了一個會講英語的大美女。」

　　「楊爸爸，妳們的建議與心意我明瞭，我需要再跟耿亮商量一下，Lisa 那邊也要問問她是否有意願？」

第廿五回　未綻放的玫瑰　　171

就這樣，這個聚會的第一天，大家馬上感受到一股驚異的氛圍，一方面對於 Lisa 的處境很是著急，一方面又想像著 Lisa 在台灣唸書的各種景象。待啟琳與志學回到志學的老房子後，欣德與欣雅二人彷彿又回到大學以前，今天二人擠在一張雙人床上，有無數的心裡的話可以聊個整夜。

「欣雅，妳有沒有聽到敬友的消息？」

欣雅一臉疑惑：「沒有，為何姐姐要提此事？」

「喔！我跟妳提敬友，是因為在四月份的一個研討會中，我碰到敬友了。」

欣雅心中一陣顫動：「那他現在如何？」

「是他先看到我的，他說知道我在該會議有一場邀請演講，所以就向公司申請來參加這個會議。」

「因為我的行程很滿，當我的行程快要結束前，在巡視參展廠商的時候，就遇見他了。」

欣雅的頭低了下去，雖然她很希望敬友能夠有一個幸福美滿的家庭，但是無法抵擋自己強烈的失落感。

「他要我回台灣的時候，問問妳是否還留著他以前送妳的一個銀製的禮物。」

欣雅眼眶已溼，她極力地穩住情緒，然後轉身從梳妝台的櫃子裡的深處，拿出一個暗紅色絨布的小盒子，在欣德面前打開。

「原來是一只戒指」，欣德看到上有一朵尚未全部盛開的玫瑰，與店外的看板的那一朵玫瑰極像。

「欣雅！」欣德眼淚從眼珠中滑下。

「原來我們的店名中的玫瑰就是來自這個戒指。」

「是呀！因為我忘不了敬友，那時候我們交往了五年，五年呀！我人生最單純最美好的時光，遇到了一個最瞭解我、最體貼與最帥的男生。」

「生來　只為了認識你　與你分離」欣雅唸著一段歌詞，也啜泣了起來。

「欣雅，妳沒跟我講這個戒指的故事，我心好疼呀！我居然不知道妳受了那麼多的委屈，上天為何那麼不公平！」

望見心情激盪的妹妹，欣德決定在此事先打住，欣德忍住了一件事情沒講，那是因為敬友叫她不要講。敬友在七年前與一個美國的華裔女同學結婚，但是婚姻只維持五年。其實結婚二年後他們即分居，直到他分居的老婆要再婚時，他們才真正辦妥離婚手續，而那一年稍早，敬友的媽媽已經因病去世。敬友告訴欣德，他的婚姻的失敗與他的前妻無關，因為他始終忘不了欣雅，是他決定要分居的。現在他很想要回來台灣定居，因為他的爸爸身體健康狀況不佳，他是家中獨子，一定要回來台灣照顧爸爸，而媽媽也不在了。他現在沒有任何可畏

第廿五回　未綻放的玫瑰

懼之處,而對欣雅的思念更是他生活的動力來源,唯一怕的就是不知道欣雅是否還願意接受他,或是欣雅有追求者。所以,敬友要欣德問問欣雅,是否還保留那個銀製的禮物。

　　欣德沒想到,妹妹不但還珍藏著這個銀戒,甚至睹物思人,顯然欣雅並未忘懷敬友。欣德知道妹妹為這個家犧牲至大,而自己卻在成長的路上一直被時代的洪流推著走,導致沒辦法回頭好好看看,或者去好好回饋她這個至親至愛的妹妹。隔天,欣德回到神岡的夫家時,欣德以 whats app 跟敬友通上話,並告訴他欣雅其實從未忘記過敬友,也不接受其他人的追求,欣德從話筒的另一端顫抖的聲音中感覺到敬友的悸動。

　　敬友要欣德繼續保持這個秘密,他會盡快結束美國的工作,回到台中,回到霧峰,他要給欣雅一個驚喜。在敬友的心中,現在這個世界上只剩兩個人讓他牽掛,尤其是欣雅,她被關在他心中最美麗也最黑暗的幽室,他現在終於要直接走到這個幽室,將那個遮蔽陽光的黑簾掀開,他要讓那一朵玫瑰完全綻放。

　　敬友留下了男兒淚,這次,他無比的堅定。

第廿六回
一種二十年的味道

　　經過了家庭會議，尤其是 Lisa 個人高度的意願，欣德與耿亮為了要讓 Lisa 能夠趕上八月底的小學開學時能夠合法地留在台灣，花了兩個星期跑上跑下，辦了許多的手續，他們也得回到灣區的小學去辦理離校程序，同時也將 Chris 帶回美國，準備上學。

　　八月底，到了開學日，跟欣雅同住的 Lisa，就得正式踏上一個完全陌生的校園，這個陌生的程度比起以前她們姊妹倆第一天上課時還有過之。由於現在國小已無須穿制服，欣雅只是準備早餐、準備水壺還有一些必需的物品，讓第一天到校的 Lisa 不會感到惶恐。她在 Lisa 的臉龐邊親了一下，要 Lisa 不要害怕，有她這個姨媽在，什麼事都會搞定。Lisa 的中文名字叫李亞莎，與欣雅同時有個雅字的音。因此，欣雅覺得她跟亞莎根本就像是母女，她要亞莎叫她「雅媽」，因為比起阿姨更有媽媽的感覺，一方面也可補足她沒當媽媽的遺憾。

　　亞莎其實很早熟，她與好友們早就告知 Sasha 的做法是錯的，要 Sasha 修正她的行為。但為了同學情誼，

他們未去檢舉同學,甚至一路相伴,只是年紀尚小的女孩們不知這樣就糊里糊塗地成了嫌疑犯。亞莎放學後就回到店裡,功課做完後,也一起幫忙餐廳裡的事。有了亞莎,欣雅心中無比踏實,她彷彿回到了三十多年前,她與姐姐在餐館裡跟著媽媽的時代,她見證了媽媽為了家庭的付出,她看到了楊爸爸無私的愛。這時候,她把亞莎當作自己親生的孩子,她幻想著將來有一天亞莎穿起新娘婚紗的那一幕,她現在更常將那支銀戒戴在自己的手上,彷彿亞莎就是她與敬友愛的結晶。

「雅媽!妳手上有玫瑰的銀色戒指是妳買的?還是誰送給妳的?」

「喔!這是雅媽二十年前的一個男朋友送的。」

「那你們為什麼不結婚?」

「因為結婚不只是妳愛他、他愛妳就可以的,還有他的父母、親人也會有意見。」

聰明又早熟的亞莎大概雖然半知半解,但知道多半是對方家人反對所造成的,不過當看到雅媽這麼珍惜這個戒指,加上店外的看板上也有一個相似的玫瑰圖形,亞莎覺得雅媽一定很喜歡這個男朋友。

亞莎很快地就融入了國小的生活圈,也交了不少朋友,尤其她一口溜得不得了的英語,經常被英語老師稱讚到不行,英語課根本是她的表演課。但是國語課就沒

那麼風光了,因為她在灣區的中文教育是以看得懂、可以寫為主,與這邊小學的國語程度相較顯然還是差了一些。不過,這不會是問題的,欣雅丟給她幾本以前她跟姊姊看過的小說,要亞莎試著閱讀看看,亞莎的中文程度果然突飛猛進,成績一路直上,擠進了班上前十名,頗有乃母之風。欣雅告訴亞莎,她們姊妹倆從小就是學校的風雲人物,她媽媽還當選過市長,大學聯考是全國前幾名,這些事,三十五歲以上的在地人都知道。亞莎從小就知道媽媽很厲害,現在在同一個小學唸書,每當聽到有關媽媽的往事,才發現自己身上的基因原來如此優良,還有,她發現男生特別喜歡偷看她,她長得極似小學時的雅媽,根本是學校的校花。

　　星期三是欣雅的復健門診日,欣雅的右手因長期的烹飪,手部肌腱早有纖維化的跡象,需要長期復健。每個週三晚上,啟琳與志學都會來餐館招呼客人,所有的備料都是準備好的,啟琳大多只需煮麵即可,其他的都是排列組合的問題。當然,亞莎也大概都會做,只是大人不准她進廚房,只能幫忙招呼客人。

　　晚上的客人幾乎所剩無幾,亞莎招呼了一個剛來的客人。這位叔叔一開始先在店門口的看板上看了好久,不像是在地人,卻又好像對這裡也不陌生;他似乎在等什麼,直到某一個客人離開後,一進店裡,別的位置不

第二十六回　一種二十年的味道　　177

坐，卻直接在原來客人的位置上坐下來，還很快地點了一碗牛肉麵。這還不是最怪的，更怪的是這位叔叔居然全程用英語與亞莎交談，他讓亞莎有一種說不出來奇怪的感覺，尤其當他在吃牛肉麵時，自己邊吃邊自言自語，大意是，味道跟二十年前的不一樣。

晚上，做完復健的欣雅回到店裡，亞莎告訴欣雅她今天碰到一個奇怪的客人。

「這個客人全程用英語跟我說話，他怎麼知道我會講英語，難道我看起來很像外國人？」

「的確是很奇怪，他還有什麼奇怪的地方？」欣雅立刻提高警覺，她擔心有人對亞莎動歪腦筋。

「他看起來還好，年紀跟爸媽差不多。」

「對了，他說他認識我媽媽，就妳姊姊啦！」

欣雅也覺得奇怪，他認識欣德，難道是姐姐在交大時期的同學？會不會是阿成？阿成在光電公司當主管，只要他出差路過中部時，甚麼時間都有可能來店裡坐坐。他的出差時間雖然沒什麼規律性，但是搞怪的個性不變。也許就是阿成，因為他八成知道耿亮的女兒在台灣唸書，所以就用英語跟亞莎交談，除了阿成，她實在想不出來還有誰。

「這個叔叔是不是比較矮一點，跟阿公差不多高？」

「我不確定,但是這個叔叔好像比較高,他的英語很好的,可能在美國住過。」

欣雅想想,這樣應該不是阿成,只是她也想不出來會是哪一個朋友,欣德的交友圈比自己大了許多,應該是姐姐在美國的朋友。但是欣雅還是對亞莎告誡了一番,因為亞莎長得漂亮,得小心來路不明的人,只要覺得客人有什麼不對勁,馬上要讓她知道。

「對了!那個叔叔一邊吃,一邊自言自語,說這味道跟以前不一樣。」

欣雅聽了,更是疑惑,以前是什麼時候呢?店裡的的牛肉麵就是當年她跟媽媽一起調製出來,當時媽媽發現牛肉麵越來越流行時,特別要她去調製一個特有的牛肉麵口味,她們的牛肉麵大概是二十年前開賣的。

「他有講說是跟多久前的口味比較嗎?」

「有!我聽到,好像是二十年前。」

欣雅心中一驚,約二十年前,她們在調製牛肉麵口味時,能夠在旁邊試吃的不是楊爸爸就是敬友,他們倆連吃了五六個月,才確定最終的口味,媽媽也才決定由她的配方接手。不過,他跟敬友分手後,牛肉麵的口味似乎也不一樣了,因為大賢就調侃她的麵帶有失戀味道。她不知道口味是怎麼變化的,她本以為大賢講的只是笑話,但也許是真的,只是她實在也記不得以前的牛

第二十六回　一種二十年的味道

肉麵的味道

當然,欣雅曾經閃過一個念頭,但是她馬上要自己回歸現實,不要因為幻想對還在成長的亞莎產生不良影響。

「亞莎!二十年前的味道,我自己也不知道與現在有多少差距,這個人八成是太久沒來了,所以味覺也改變了,她應該是妳媽媽在美國的朋友之一,過去應該也來過,知道我們家在這裡。不過,妳還是要小心,若對方太奇怪,要馬上讓我知道。」

幾天後,亞莎又接待了同一個客人,他又坐在跟上一次一樣的位置,也點了牛肉麵。這次,亞莎就主動用中文問了這個客人:「你怎麼知道我會講英語?」

「喔!我是妳媽媽與阿姨的朋友,妳媽媽在美國是個有名的教授,阿姨在這家店工作很久了。」

「那能不能告訴我您的名字,我好跟媽媽講。」

「Sure, my name is Hugo Chang, your mother knows that.」

待客人走後,亞莎馬上傳訊息給在美國的媽媽,問這個 Hugo Chang 是不是她的朋友;早起的欣德很快就回覆了亞莎,說這是一個很好的朋友,要亞莎好好招待這個叔叔。

晚上,亞莎告訴欣雅這個客人又來到店裡,而且他

的名字是 Hugo Chang，是媽媽的好朋友，媽媽也說這位先生的確是她的朋友，要好好招待，只是亞莎忘了問中文名字了。

欣雅想了一下，的確姊姊的交大朋友中有許多人待過美國，應該也有一些以前曾與自己一起吃過飯，大概就是以前的朋友吧。

週三的這個時間，敬友經觀察而知道欣雅會有一段時間不在店裡，他故意選擇這個時間並非是要故弄玄虛，而是想在欣雅不在時，再次地熟悉這個既清晰又模糊的餐館，好為他們的再次的相見做足準備。餐館雖然歷經幾次的整修，已不復見以往容貌，但是，神奇的是他跟欣雅以前一起吃牛肉麵的桌子椅子都還在，而且就擺在以前的位置上，那是他再熟悉不過的位置，那個位置有過他青春年少的歡樂與愛情，他怎會忘記！

第廿七回
摯愛面前的中年男子

敬友原本在休士頓的一家電子廠擔任主任工程師，回到台灣之後，也順利地在一家全球百大的外商企業找到一份工作，而且工作時間較為彈性。他不在乎待遇，他要的是工作地點必須在台中，這樣一來他可以就近照顧爸爸，二來可以準備重返霧峰。敬友的媽媽生前一直要敬友趕快生小孩，否則他們家就要斷後了。只是媽媽的要求也無法如願，因為敬友的前妻在剛結婚時就是一個不想有小孩的女生，即使開始接受生兒育女的想法時，敬友卻因無法忍受對於欣雅的思念，覺得自己對婚姻不忠誠而斷然提出分居的想法。就這樣，敬友雖有過一段婚姻，卻始終沒有小孩。敬友的母親因年輕時受到婆婆的欺壓，造成個性上的變化，又受到丈夫的冷落、兒子的遠離，最終在鬱鬱寡歡的情形下，身體承受不了長期的焦慮而罹患重病，並在三年多前去世。敬友對於母親的早逝，也非常自責，但他實在無法悖離自己的良知，去與自己沒感覺的女生結婚，就只為了要傳宗接代。即使他曾動心，想取得與媽媽關係的平衡點而結

婚,但是心中那一個最重要的角落,卻始終是留給了欣雅,尤其得知欣雅至今未婚,更令他按捺不住。他知道欣雅也無法忘記他,只是他還不是那麼確定;但是當欣德很肯定地告訴他,欣雅對他依然眷戀之後,他決定盡速地回到他從小生長的地方。

「爸爸,我明天將去找以前被媽媽嫌棄的那個女友。」

「她現在還沒結婚,這十多年來,她一直在等我。」

敬友對著父親訴說著自己的心裡話,他希望獲得父親的祝福。

「敬友,你就去找她,爸爸祝福你,記得以前爸爸在成大跟你講過,有一個選擇就是不管一切,跟她去共創家庭。」

「不過,在你媽媽的壓力下,你怎可能不妥協呢!」

「所以,到最後,她傷害你,你也傷害她。」

「爸爸很對不起你,沒能夠幫助你去追求你的人生。」

「爸爸也很對不起你的媽媽,我當初應該要在奶奶霸凌你媽媽時挺身而出的。」敬友的爸爸顯得非常愧疚。

「爸爸,您別這麼說,我這次回來,就是要去把我的真愛給追回來,雖然我已經虛擲十六、七年了,但我

還年輕。」

敬友的爸爸鼓勵敬友追求自己的人生，不要像他無力保護自己的妻小，到最後，面對的是一堆遺憾。

於是敬友終於選擇了星期二的午間，這一天他在等待店裡最後的一個客人離去時，鼓起了勇氣走進餐館裡。

他特別帶了一個棒球帽，稍微遮住自己的臉，再壓著嗓子，使自己的聲音更為低沉：「請問妳們下午有沒有休息？」

「沒有，我們白天不休息，桌上有菜單。」欣雅只是覺得這個客人略為奇怪，一進來，就直接往最裡面的舊桌子坐下來；一般店裡無人時，客人都不會選那張舊桌子的。

「一碗牛肉麵！」

「好的。」欣雅沒認出敬友，畢竟雙方十多年未見。沒多久，欣雅端上了一碗牛肉麵到敬友的桌子。

「先生，您要不要換張桌子？那邊的新桌子與椅子會比較舒服的。」

「謝謝，我比較喜歡這張桌子，一見如故。」

欣雅甚覺奇怪，就跟著應和。

「以前很多人家裡都有過這樣的桌子，比較有懷舊的感覺。」

第廿七回　摯愛面前的中年男子

「我家沒有這種桌子！但是它卻放在我的心中十多年。」敬友一邊吃麵一邊講話，還是不忘記壓低嗓音。

「在我最青春年少時，與我當時的女友，在這樣的桌子留下很多美好的回憶。」

欣雅心中嚇了一跳，居然有人跟自己的經歷相似，只能嘆氣地講：「可是美好的回憶終究比不上現實生活的壓力，因此也只能空想。」

「美好的回憶有時不會只有空想，是可以再創造的。」敬友希望能重拾美好：「就像是天上的星空，剎那就是永恆，不只是流星，也包括銀河系。」

欣雅直覺奇怪，此人每每說中她心中的回憶，她剎時回到與敬友參加天文營隊時的觀星之夜。她對於敬友的印象仍停留在十多年前的那一吻與他離開前去搭車的背影。於是不自覺地說。

「我倒是真的看過銀河系，那一次也看到很多流星。」

敬友接著說。

「那妳一定忽略了，也許還有營火。」

「對呀！我是在營隊中看的，當然有營火。」欣雅仍然沉浸於天文營的回憶之中，也記得在營火之旁，激起她與敬友最純潔的愛。

「但是再美的星辰，也比不上極光的絢爛。」欣雅

想到了敬友的一席話，這時反倒讓敬友激動了起來。

「我那時的女友，也是希望有朝一日我能帶她去看極光！」

欣雅聽到這裡，瞬時回到了現實，她覺得莫非這個人是敬友；不可能的，敬友現在應該還在美國休士頓，況且聲音也不像，她不由自主地摸起了手上的銀戒玫瑰。

「我知道我送給那時女友的玫瑰，她還保留著，就像這張桌子一樣。」

欣雅又嚇了一跳，這個人是誰，他的聲音似曾相似，但又很陌生。

「這個牛肉麵的味道卻與二十年前真的不一樣！」

欣雅霎時震驚地走向前。

「先生，請問您是……」

敬友將其棒球帽摘下。

「我是坐在摯愛面前的一個中年男子。」

欣雅不敢相信自己的眼睛，前面這個中年男子似乎正是敬友，雖然他也老了。

她顫抖著身體，往前坐了下來。

「你是……？」

「欣雅！是的，我是敬友，妳還認得嗎？」敬友回復到真正的聲音，但是這個聲音與十五年前也真的不一

樣了。

「你真的是敬友！」欣雅盼了十五年的人，今天無聲無息地就出現在自己的眼前，而且他確定應該就是亞莎講的那個叔叔，一切彷如夢中。

敬友站了起來，欣雅也站了起來，全身顫抖著。敬友向前一步，將欣雅擁入懷中，他發現懷裡的女人全身顫抖，因啜泣而顫動。敬友覺得此時無聲勝有聲，他只是緊緊地擁抱著這個心靈脆弱的女人。一會兒，欣雅卻推開了敬友。

「你現在應該已成家了吧？！」欣雅一直認為著敬友應該已結婚，可能還有幾個小孩，他們這樣的擁抱可能不適合。

「欣雅，來，妳先坐下！」敬友示意要欣雅坐在十五年前最後一次見面時，他們所坐的椅子上。然後，拉著欣雅顫抖的手，講述了這十五年來的一段故事。

「……但是，我無時無刻都在思念著妳，我知道妳有追求者，於是要我自己將自己放生，雖然我結婚了，但是我在心中對妻子不忠，我無法愛她如愛妳；最後在三年前母親去世後，結束了那一段慘不忍睹的婚姻。」

「這期間雖然我多次回到台灣來，不管心中有多強的力量要牽引我回霧峰來看妳，但是我一直在對抗這這股力量，為的就是怕我再次看到妳時，我無法忍住對妳

的思念與想佔有的自私,而破壞妳的家庭。直到一年前,我終於忍不住了,當開車經過店門口時,發現店外的牌子似乎有著我送妳的銀戒上的玫瑰花圖像,我感覺到妳是在等我,頓時讓我燃起希望,於是我決定想辦法在美國要與欣德見上一面。」

敬友的每一句話都深深地在欣雅的心中畫下一道道痕跡,欣雅腦袋雖然清楚,但是眼淚就是不自覺地滑落。

「欣雅,聽著,我這次除了為照顧我爸爸之外,就是專程為妳而來。而妳的狀況,欣德也都告訴我了。」

激動的欣雅眼淚決堤,她不知道,多年來魂縈夢牽的敬友也是過著相同的生活,他甚至因為對欣雅的思念而覺得對婚姻不忠。欣雅喜極而泣地投入敬友的懷抱,痛哭失聲,久久不能自己。

「欣德都告訴你?你們一直有聯絡!」

「妳可以這麼說,但是也不是這樣。」於是敬友再將他如何在機場遇到欣德,與他如何打聽欣德的活動,再去與欣德不期而遇,甚至要欣德回來問欣雅銀戒之事。之後的事情,欣雅應該串聯得起來了。

這個星期二午後,湛藍的天空下,敬友像是走失的男友,十五年後又回到她的身邊,可是她還不敢相信,這是真實的嗎?!

第廿七回　摯愛面前的中年男子

「生來為了認識你以後　與你分離」，此時的欣雅心中浮上了那首歌的歌詞，她頓時十分害怕，她怕眼前的這一場溫柔，只是一場夢。

第廿八回
有備而來

　　敬友的出現，對欣雅的生理、心理都產生很大的影響，那個週二下午，欣雅將這十五年來眼淚一口氣流光。敬友離開之前，告訴欣雅，他每週二與週四下午會來餐館用餐，週六下午與週日全天都可以在這裡。該日傍晚，亞莎回到店裡時，發現餐館半關著門，雅媽不太對勁，整個眼睛是紅腫的，不由得著急起來。雅媽要亞莎不用擔心，然後開始準備晚餐，亞莎聽完後先暫時放心，反倒覺得雅媽似乎心情還不錯，只是有點激動。

　　其實欣雅在此時，全身仍在顫抖，心中仍然悸動，她一半的腦袋已被下午的敬友填滿了，但是她仍得故作鎮定，不要去影響小朋友，不過她知道亞莎一定看的出來，因為今天晚餐的味道，欣雅一直抓不到平衡點，顯然她自己整個都亂了。為避免亞莎的擔心，晚餐時，欣雅講述了過去這二十多年來的這一段故事，當然也包括她目前所知道的敬友的那一段。

　　「那敬友叔叔現在人在哪裡？」

　　「他就是妳最近接待的那位奇怪的客人，Hugo

Chang，他叫張敬友。」

「那他是不是今天來過，所以你們碰面，你們又舊情復燃了？」

欣雅無法接這個話，但她的確與敬友重新燃起舊日的感情，她感覺得出來，敬友這次是抱著決心回來，只是她現在很害怕，也沒有自信心。

「亞莎，妳看我會不會很老氣？！」

「不會的，每個老師都說我阿姨當年是這裡最美麗的女孩，現在也是。」

「妳不要騙我！」

「我怕他會以為我還是以前的樣子。」

「阿姨，我覺得他應該來這裡觀察很多次了，而且媽媽也知道他，還叫我好好招待他呢。」

經過早熟的亞莎的這一番話，欣雅慢慢緩和激動的心情，雖然她理智上知道不會，但她潛意識裡仍然會認為敬友可能嫌棄她，不過顯然敬友這次是有備而來的，他應該觀察欣雅好一陣子了。今天與敬友的相聚實在太突然，也太短暫，欣雅暫時平復了心情，期待著週四下午敬友的到來。

週三這一天，欣雅簡直是度日如年，她開始翻箱倒櫃地找出她二十年前的衣服，最後找到一件洋裝。她穿著洋裝，在鏡子前不斷地走來走去。雖然這個洋裝略嫌

老氣，但是身材沒變的欣雅穿起來就是特別好看。到了週四，欣雅中午時已魂不守舍，她在一點半後隨即將店門關起一半，然後將營業中的牌子轉為休息中，過去這個店在下午是從不休息的，但是今天特別不一樣。

欣雅盼了好久，終於在接近二點時，敬友到來。

「還沒吃午飯？」

「是呀！今天來了幾位美國同事，我們開會到半小時前才結束，我沒吃公司的午餐，空著肚子，只想跟妳一起吃飯。」

欣雅端上兩碗牛肉麵，一人一碗。敬友抓起了欣雅的左手掌，然後不斷的撫摸著，隨即親了一下，「妳這隻手是所有女生中，我這輩子除了我媽媽之外，第一個正式牽過的手。」敬友隨即注意到欣雅今天穿上的洋裝，是他印象中看過的洋裝，他跟欣雅說：「妳穿的洋裝是不是我們當初交往時的洋裝？我還有印象，只是我現在已無法再穿起當時的衣服，但是衣服內的敬友仍是當時那個最愛你的敬友。」

兩人在飯後，隨即手牽手地走到了省議會，敬友的左手牽起了欣雅的右手，她覺得欣雅的右手的確比較粗硬，這是他的錯，要不是他選擇離開欣雅，她過去可能不需要吃那麼多的苦。

他們選擇了跟以前差不多相同位置的一個長椅坐下

第廿八回　有備而來

來，就跟十五年前一樣，欣雅依偎在敬友的肩上，只是這次，欣雅的眼淚始終是不停地流下來。

「欣雅，別擔心，這次我不會再不告而別的，這個世界上沒有任何事物可以阻擾我們在一起。」

「敬友，我知道你的心意，但是我也老了不少，我一直以來只是一個鄉下的餐館女廚師，我怕你會嫌棄我的。」

「欣雅，我也好不到哪裡去，妳沒看到我的髮際線已經向後退了不少？這些年我只不過是一個流浪到異鄉的失落青年。」

敬友已不是當年的年輕小夥子了，他知道心靈受過傷痛的欣雅一定沒有安全感，隨即吻了欣雅一下。

「我今天就想要向妳求婚，事實上我每天都想這樣做，這就是我必須結束前一段婚姻的原因。但是我們應該再相處一小段時間，讓我們將失去十五年的感覺慢慢補回來。」

欣雅覺得敬友這次的確是有備而來，他說的有道理，他們倆還要在慢慢地重拾二人過去的感覺，再補上現在的感覺，而非現有的激情。

十五年來，有太多的話要向對方訴說，他們不能再像過去是一對年輕的情侶，而是一對知心的情人，這是敬友設想過的，待時機成熟，他將迎娶這位心中的

公主。

　　隨即，敬友要欣雅再次地閉起眼睛，然後跟二十年前一樣地將右手伸出來。他將欣雅右手的銀戒取出，再仔細地將一支新的黃金戒指戴上，只不過這隻金戒上的玫瑰，是完全綻放的。欣雅睜開眼睛後，仔細看了一下新帶上的戒指，她知道敬友的意思是要讓這朵二十年無法綻放的玫瑰，從此以後完全地綻放。敬友瞪大眼睛看著欣雅，並微微點頭，欣雅的眼淚又不斷地宣洩而下。二十年的時間，一朵玫瑰的綻放要等待二十年，但是再怎麼久，現在這些都是值得的，欣雅緊緊地握住敬友的手，猶如玫瑰花迎向藍天中的太陽。

第廿九回
綻放的玫瑰

　　台灣冬季的濕與冷使得在加州生長的亞莎不太能適應，但是這無礙於充滿活力的亞莎迎來在台灣的一個寒假。一月不到，欣德與耿亮一家三人又回到台灣，最主要的是欣德夫妻倆放不下在台灣的 Lisa，雖然他們知道有欣雅在一旁照顧，不會有什麼問題。

　　欣德這次回來，看到 Lisa 健康有活力，還長高了一些，甚是高興。交談之間，欣德盡是用英語發音，主要是怕 Lisa 的英語能力生疏起來，但是這個是多慮了，因為常來餐館的敬友也多是用英語與亞莎交談，亞莎也經常應學校英語老師的邀請上台講英語，甚至被選去參加英語演講比賽，講英語是亞莎在學校裡最有名的一項技能。

　　欣德與欣雅獨處時，將過去一段時間與敬友的互動再次跟欣雅好好地說明了一番，她說明敬友在十多年前機場的偶遇，與敬友要她們不要讓欣雅知道他的下落，其實是要讓欣雅將敬友早日忘記，以儘早找到新的歸宿。無奈繞了一大圈，敬友還是回來了，早知道當初

若選擇與欣雅共創家庭，也許今日就不一樣了。但是欣雅似乎不這麼想，她知道，當初她選擇休學與唸夜間部，是為了支持這個家庭，也是為了姊姊的留學做準備。若敬友忤逆他的媽媽，硬是要與欣雅結婚，欣雅在婚後也不可能離開自己的母親，因此，她告訴欣德：「也許現在這樣，已經是最好的結局了。當初他若堅持要在我身邊，只怕他要來陪我這裡煮麵才行，這樣對他是不好的。」

一向被公認是天賦極高的欣德此時終於才深刻地瞭解，原來妹妹真的是打算犧牲她的幸福來成全這個家庭；敬友與欣雅繞了這麼一大圈，其實自己也算是一個幫兇。欣德眼淚忍不住地落下，她緊緊地握住欣雅的雙手，告訴欣雅。

「欣雅！姐姐好心疼妳，妳為了這個家真的做了太多犧牲了，姊姊真的太對不起妳了！」

欣德內心除了對妹妹有無盡的感激之外，她此時覺得應該要用餘生來保護這個妹妹才對。

寒假的到來，欣德與耿亮一家人要返回美國，正好也想把 Lisa 帶回去，等過了農曆年再讓 Lisa 坐飛機回來。Lisa 表示她想暑假再返美即可，她要好好在霧峰與阿姨、爺爺奶奶一起過年。而且寒假期間，Hugo 叔叔要帶她們「母女」一起去武陵農場看星星。欣德要 Lisa

不要當電燈泡，但是 Lisa 說，他們已經把她當作自己的女兒看，而且 Hugo 叔叔的爸爸也會一起去，所以沒關係。欣德一聽，那這次的旅行對欣雅還真的很特別，Lisa 在其中反而更好，可免除一點尷尬。

這一天一大早，敬友的車子已經在餐館門口，欣雅先請張爸爸進來坐一下，她再與亞莎將行李抬上車子。欣雅告訴亞莎，這次的武陵農場之旅，是為了要重現當初他們兩人天文營的旅程，中間會去一個觀星營地看星星，敬友的天文知識，其實都是張爸爸傳授的。

「張爺爺您好！」亞莎很有禮貌地問候張爸爸。

「妳好！妳好漂亮呀！」

「聽說我長得像阿姨小時候，不過聽說那時候的阿姨更漂亮。」

張爸爸心中對於敬友有這個紅粉知己感到高興，但是也感到難過，像欣雅這樣的女生，敬友去哪裡找？難怪十五年前敬友哭得肝腸寸斷，他不禁地紅了眼眶，這一切的一切，包括妻子的早逝，若是當初他能更果斷，就不會發生了。

山路不斷的曲折綿亙，還好眾人都吃了暈車藥，敬友為了不讓父親太疲憊，先選擇在清境農場讓大家吃午飯，好好休息一下。亞莎第一次看到台灣的雲海，興奮異常，就連欣雅也是，因為她已經有十多年沒出過台

中,上一次出城是與大賢到新北市去找吳漢雄。車子經過了武嶺,敬友特別告訴欣雅與亞莎,在觀景台上可以遠眺一百公里外的玉山山峰,亞莎看的又蹦又跳地好不快樂。欣雅的手則是緊緊地被握在敬友的手掌中,而張爸爸呢?其實他看了不知多少次了,因為一層層的山峰是他當年遠離妻子的屏風,在星空下的孤獨,是他空虛內心的慰藉。

經過了五個小時的舟車疲憊,他們到了武陵農場的國民賓館,敬友訂了兩間雙人房,都是面對七家灣溪的房間,他要欣雅與亞莎有空好好聽聽溪水的聲音,那是自然界最悅耳的聲響了。欣雅與亞莎打開落地窗,聽到溪水流動的聲音,夾雜著天空不時飛過的烏鴉叫聲,亞莎告訴阿姨,他們在美國也是經常去優勝美地露營,感覺跟這裡很像,也是經常聽到烏鴉的叫聲,倒是房間旁很少聽到這麼大聲的流水聲。欣雅對於這個地方有無限的感觸,那個流水聲、空氣的清涼與清新、烏鴉的叫聲等,讓她與敬友初次邂逅的場景彷彿再次浮出。

晚上,敬友在飯後,要帶著欣雅與一大一小,一行四人去露營區看星星,張爸爸藉故不去,還要亞莎留下來陪自己。於是,敬友與欣雅二人又回到二十一年前他們天文營的觀星營地。

欣雅抬頭看了銀河系,敬友說:「現在看到的銀河

系是往銀河系外看出去,跟夏天的銀河系不同,今天雖然沒有流星雨,但是朝著天空凝視一陣子,也許可以看到流星。」不久後,欣雅看到一顆流星,敬友要欣雅一起約定下次看到流星時要許願,並將願望講出來。沒多久,兩人一起看到了一顆劃過天際的流星,極其明亮。敬友說:「我許的願望是要跟妳百年好合,多子多孫多福氣!」

欣雅被他這麼一說,差點笑出來,趕快補上:「我要在你身邊,成為一朵綻放的玫瑰,伴隨著你如陽光般的笑容,永不凋謝。」

這兩人,就這樣相互依偎在山區接近零度的寒冷之中,感受到彼此的體溫所帶來的溫暖。二十年前,一對天真的戀人在此探究天文;二十年後,這對戀人在同樣的暗空下許下終生的承諾,不離不棄,永生相伴。

第卅回
真愛結連理

　　小學四年級的學校生活現在已經完全難不倒亞莎，不只如此，她不但是全校的英語之后，也是出了名的快腿。亞莎的一雙勻稱而修長的腿，跟欣雅小時候相似，卻更加修長，她雖然現在與欣雅的身高一樣，但還在快速成長中。四月份，又是學校的運動會，與約二十七年前的欣雅一樣，她興奮到睡不著。亞莎在四年級的女生中一樣是短跑的第一名，而且也不輸男生，比起二十七年前的欣雅，有過之無不及。二十多年以來，運動會的項目變了不少，但是不變的是大隊接力。欣雅在運動會前夕的晚餐中，告訴亞莎，二十七年前的那場運動會，她與姐姐欣德都經歷了人生的一個難得的經驗，兩人都在那一天難過流淚。一個是跌個滿天星，一個是被奶奶罵到臭頭。亞莎聽得嘖嘖稱奇，她說她從小到大，沒看過媽媽掉眼淚，沒想到放棄了慶功的喜悅又要被奶奶錯怪，如果是她自己，可能也會哭得很傷心。這個運動會，亞莎也是出盡鋒頭，除了得到全年級女子八十公尺短跑冠軍外，也在大隊接力中，一連追過好幾個人，只

可惜班上最後也是第三名，不過這個名次並不重要，因為大家都知道，大隊接力其實是一種訓練學生團隊合作與凝聚向心力的方法，過程遠比結果更具啟發性。

在旁邊為亞莎加油的欣雅，猶如看到二十七年前的自己，她看到亞莎比起二十七年前的自己，懂得更多，也更獨立，相信亞莎會有一個順利的人生。

運動會後又來了一個母姊會，欣雅以亞莎的媽媽身分參加這個聚會，剛好敬友有空，也就一起參加了。在這個會場，其實約有一半的小孩是父母親同時參加，因為少子化的台灣，每個小孩都是父母親心中的寶貝。敬友的參加，讓亞莎感到相當開心與有趣，會後亞莎就跟敬友講：

「Uncle Hugo, why don't you merry my Ya-ma?」

「Sure, I have been ready to propose to her.」

敬友覺得這半年多以來，他跟欣雅已經重新回到往日的熟悉感了，況且兩人也都歷經風霜，感情更加堅定，因此，應該到了要向欣雅正式求婚的時候了。週六的晚上，欣雅與敬友再次地在省議會的草皮上漫步，敬友正式向欣雅求婚，意外的是，欣雅似乎很猶豫。敬友不解地問了欣雅。

「欣雅，到現在還有什麼事情會阻擾我們的結合？」

「敬友，我們一旦結婚，這邊的亞莎、還有我爸媽

怎麼辦？」

「欣雅，妳的憂慮我知道，我也得照顧我父親，但是這與我們有無結婚沒有關係。」

其實，在欣雅的認知中，餐館目前還是整個家庭的經濟支柱，她不知道結婚後，目前的生活型態是否會改變。當然，敬友也馬上意識到是這個問題。

「如果妳是擔心餐館或是經濟來源的問題，沒關係，我來想想。」

「敬友，的確是這個問題，我希望我們婚後，我仍能繼續經營這個餐館。」

敬友這時候鬆了一口氣，因為這個餐館有他與欣雅相當多的回憶，他當然也想保留這個餐館。

「欣雅，這樣好了，我出錢將餐館頂下來，我們一起經營這個餐館，妳爸媽將餐館賣給我們，有了一筆退休金，也可安享晚年。」

「另外，我們在附近買一間房子，我們住那裡，Lisa也可跟我們住在一起，她就當作是我們的女兒。」

敬友再也不願意讓眼前這個他此生最愛，以任何理由離他而去，所以他用了畢生的積蓄來完成她的夢想。眼看著欣雅的愁容轉而成喜悅，他們緊緊地擁抱彼此。

敬友與欣雅將買店面的想法告訴啟琳與志學，沒想到被父母親罵了回來，他們告訴欣雅與敬友，欣雅已經

為了家庭奉獻二十年的青春，店面早就要給她，不要再提買店面的事。啟琳跟著說，姐姐欣德一直覺得對家裡回饋太少，她除了每月支付亞莎的生活費外，還堅持要給兩老一筆約三十萬美元的養老金，一方面讓爸爸媽媽有退休金，二方面也減少欣雅的負擔，所以欣雅與敬友根本不用擔心。

志學則是要敬友務必在附近買個房子當作結婚的新房，總不能一直住在餐館裡。就這樣，敬友以部分的積蓄在附近新蓋的大樓買了一間中型的房子，不但夠他們住，Lisa 也可以一起搬過去，從此餐館的閣樓變成大家聚會休憩之地了。

敬友與欣雅的婚禮就訂在暑假，正好欣德一家人可以回來參加，由於敬友已經是再婚，加上欣雅也不想勞師動眾，於是他們只有小規模地舉辦婚禮，只有最親的親友參加。

這是個簡單的婚禮，只有五桌宴席，欣雅穿起了與十多年前欣德約略相似款式的婚紗，在志學的牽引下，交給了新郎敬友。看到這一幕的啟琳不斷地拭淚，因為她一直乞求在天上的先夫能夠保佑這個為家庭犧牲的小女兒，今天她終於與最愛的敬友結婚，是她這輩子最大的慰藉。志學一樣是老淚縱橫，因為他完全瞭解欣雅這二十年來的犧牲有多麼巨大與不易。張爸爸不遑多讓地

眼眶含著淚水，他想到自己的兒子雖然今天與其真愛結成連理，但是若不是他的懦弱，敬友應該會更早獲得幸福，而敬友的媽媽或許也能一起分享這個喜悅。張爸爸感嘆人生的無常與有常，如果一切能夠重來，他應該更能保護這些需要他保護的人。

　　婚禮中最特殊的人莫過於孫檢察長，他是志學特別邀請來的。孫檢察長是志學的偶像，兩人經常保持聯繫，他每次看到孫檢察長出現在電視上，逢人就說，這是我的朋友，台灣最好的檢察長，非常引以為傲。孫檢察長雖然曾追求過欣雅，但那更像是陪伴欣雅失戀時期的一盞明燈，也算是志學的救命恩人之一。已婚的孫檢察長一聽到欣雅與敬友的婚禮，就排除萬難參加，他今天就趁中午午餐的一小時空檔時間特別趕過來，法務部的黑頭車就在外面待命。大賢跟新郎講，他一向以來都很清楚欣雅對你的感情，是堅若磐石，也歷久彌新，希望敬友千萬不要辜負這個善良又美麗的妻子。孫檢察長與敬友一陣交談與祝福後，隨即要坐車北上，繼續他的任務。臨走前，他給了欣雅一個大大的擁抱，向欣雅比個讚，欣雅也對他點頭，示意收到他的祝福，也真心謝謝大賢陪她度過那一段烏雲遮日的時光。

第卅一回
沒辦法恭喜

　　敬友與欣雅的蜜月旅行，就是一趟環島之旅，因為被家庭重擔壓得喘不過氣來的欣雅，這一輩子真的沒到過台灣幾個地方，敬友要趁這個機會要帶她好好地繞台灣一圈。他們開車一路往南，先在台南市落腳，敬友先與欣雅去天主教墓園祭拜親生父親後，敬友帶著欣雅遊覽了欣雅在二十年前本想參觀的成功大學。他們隔天手牽手在台南古都的小巷弄中穿梭，從天公廟到武廟，他們也去了全美戲院看了一部二輪電影，只因為這個電影院是大導演李安學生時代的最愛。他們吃了土魠魚羹與安平的牛肉湯，欣雅這才發現，台灣的美食如此之多，而她這個餐館老闆卻如井底之蛙。

　　敬友與欣雅沿著高速公路往南到達高雄，在西子灣看日落，在夜市裡品嚐道地小吃，欣雅感到無比的幸福。他們繼續往南直奔墾丁，在墾丁國家公園中，兩人猶如亞馬遜叢林的探險客，走到腿酸腳痛，一向體能不錯的欣雅卻在此時感到疲憊，這可能是從來沒有長時間旅行所帶來的疲倦。到達台東的二人，敬友只是帶著欣

雅去溫泉池泡湯，欣雅頂著不適的身體，用心去感受敬友對她的愛。隔天，敬友不忍欣雅的舟車疲憊，他們只是躺在床上，彼此緊緊相擁，對於欣雅，這樣就是上天對她的珍愛了。隔天一通電話，把兩人從天堂打入凡間，啟琳在家中昏倒，送醫院發現有中風徵狀，敬友於是急忙開車載著欣雅奔回台中。

　　啟琳的身體一向不佳，她有遺傳性的心血管疾病，也許是欣雅婚禮讓她過於激動，她被診斷出腦溢血，經過緊急手術，啟琳的病況總算是穩定了下來。看著媽媽在加護病房的欣雅，一邊著急，一邊拭淚，因為她跟媽媽相依為命三十多年，媽媽期盼著她有好的歸宿，但就在她的婚禮後，媽媽卻病倒了。

　　經過將近一週的醫療，啟琳回到了一般病房，只是這次的傷害極大，啟琳因溢血之處在左腦，造成右半身的動作無法有效地控制，也就是俗話說的半身不遂。幸好啟琳的手術及時，她的癒後恢復會較其他患者好，可以在長期的復健下恢復到七成的行動能力。

　　出院後的啟琳，心理狀況不佳，因為她覺得自己拖累了家人，尤其是欣雅，她還在蜜月中。欣雅告訴媽媽，她在旅行中，身體不是很舒服，所以本來也打算回來休息，反正以後敬友會常常帶她出遊，台灣這麼小，沒多久就可以走遍全台。

這陣子，欣雅一邊忙餐館，一邊照顧媽媽，自己的身體一直處於疲憊狀態。敬友要欣雅讓餐館停止營業一個月，讓媽媽能夠獲得較好的照顧，其他人也可以緩一緩疲憊的身軀。欣雅跟敬友道歉，她的身體不適無法讓敬友能暢快地遊覽台灣。

「欣雅，旅遊事小，能夠和妳在一起才是重要的事，不要再說傻話了。」

這陣子，敬友也開始忙起來了，因為張爸爸的身體也是狀況很多，他需要經常帶張爸爸回診，有時候，敬友也無法回到霧峰，他必須待在台中照顧父親。

欣雅決定讓餐館休息一陣子，剛好亞莎也要回美國過暑假，因此，她可以專心照顧媽媽。志學告訴欣雅，啟琳有他照顧即可，有空也可應該幫敬友照顧一下張爸爸，啟琳更是趕著欣雅要去台中多照顧公公。因此欣雅也經常搭車去台中的公公家中張羅打理。有一陣子，她與敬友就住在台中的房子裡。張爸爸看到欣雅的善良與能幹，心中很是高興，身體逐漸好轉。他為了讓這小倆口能夠生活在自己的獨立空間，因此跟敬友說：「為了讓大家輕鬆一點，加上我也需要新鮮空氣，我們把這個老房子賣掉吧，然後你們幫爸爸在霧峰距離你們不遠的大樓買個房子，不用大，夠我住，還有再多一間房間即可。」

張爸爸的這個主意相當好，一方面他與兒子家住得近，一方面與親家也不遠，加上霧峰靠近山區，空氣也比較好。

　　敬友夫妻與志學、啟琳都十分贊同，最後是志學花了幾週，總算找到了一間完全符合親家需求的房子，就在敬友與欣雅的同一個社區內。志學搞定房子後，他跟啟琳講：「那我看我們也乾脆把房子換到該社區好了，這豈不是更好。」

　　啟琳也不覺得有什麼不好，因此，最後三家就住在同一個社區，只是不同棟別。這樣的好處是大家都在一起，壞處是欣雅要同時照顧所有人。

　　又到媽媽的回診日，志學因有事外出，就由欣雅帶著媽媽回診。在醫院的大廳中，欣雅突然感到身體不適，一陣暈眩進而昏倒，隨即被送到急診室。急診室抽血進行檢查後，醫生要欣雅直接住院。敬友接到消息後，直接趕赴醫院，他想到這陣子欣雅身體本來就不好，又要照顧二老，應該是累壞了，但是醫生的說明簡直把他打入地獄。

　　「你的太太，陳欣雅小姐，狀況有些麻煩。」

　　「第一個，是她懷孕了，但是我沒辦法恭喜你，因為她的血液有異常，最糟糕的情況是疑似得了淋巴癌。」

敬友沒想到他的第一個小孩來得這麼不是時候，但是一切以欣雅為第一優先。幾天之後，欣雅被確診為淋巴癌，敬友的噩夢成真，他趕緊問道：「醫生，那現在要怎麼進行醫療？麻煩盡一切可能救救我的妻子！」

「第一個，先引產，要先把胎兒打掉，才能治療。」

「這個治療需要點運氣，我們先進行化療，若效果不佳，就再進行標靶治療，若再沒效果，最後可能需要進行骨髓移植。」

欣雅懷孕又生病的消息，讓所有家族的人都相當難過，感嘆老天不公平。

欣雅本來想放棄積極治療，讓她把小孩生下來，使張家有後。敬友知道欣雅的想法，跟她說他無後嗣無所謂，但是不能沒有欣雅。幾番周折，欣雅接受醫師的建議進行打胎，然後開始進行化療。

「敬友，若我真的沒有機會，能不能帶著我的骨灰去看極光？」

「欣雅，妳不要這麼說，我會親自帶著妳，帶著妳去看極光，這是我們二十多年前的約定。」雙手緊握住欣雅的敬友，用堅定的眼神，希望給予欣雅求生的意志。

經過一、兩個月的積極治療，醫師宣布化療與標靶治療皆無效，而欣雅已相當虛弱，情況危急，醫院將進

行骨髓移植,而其前提是須找到配對的骨髓,所以配對成功將是欣雅能存活的唯一機會。

第卅二回
媽媽的左手

　　遠在美國的欣德與耿亮一聽到欣雅的病情，猶如晴天霹靂，欣德隨即帶著 Lisa 飛回台灣。Lisa 每天在醫院陪著欣雅；欣雅看到 Lisa，就像是看到年輕時候的自己，欣雅猜想自己可能是過於節儉，常常吃掉賣不完的剩菜，加上長期過度疲累，終於壓垮了自己，她撥著靠在床邊的亞莎的頭髮。

　　「亞莎，妳這輩子一定要對自己好一點，知道嗎！」

　　「阿姨，我一定會的，但是妳也一定要好起來。」

　　目前的情況不太妙，因為骨髓的配對一直沒進展，就連雙胞胎的欣德都無法匹配，敬友、欣德與耿亮都急得像熱鍋上的螞蟻。耿亮提醒欣德，要她想想是否可以動用學術界的朋友去找更多的骨髓庫，因為他聽同事說有些特殊的骨髓庫需要動用國際關係。於是，欣德動用了學術界的資源與人脈，也寫信給以前在交大清大認識的學長姐、學弟妹們，尤其是目前在生醫研究上的校友，請他們協助。不久從一位清大的學弟那邊傳來了

好消息，似乎找到匹配的骨髓，但是這個移植還需進行交涉與確認，因為骨髓需空運來台，程序嚴謹。由於情況緊急，經過台灣醫院的評估，加上欣德的國際學術地位崇高，願意幫忙的人很多，雖然欣德不在乎花費，但是很多費用都被特殊減免，救援的速度也加快許多，於是骨髓的手術就在極短的時間敲定，最後確認將於一週後展開。

由於這個移植手術具危險性，醫師也沒完全的把握，大家忐忑不安的情緒蔓延開來。啟琳來到醫院。

「欣雅，妳有沒有想吃什麼？媽媽都可以做給妳。」紅著眼眶的啟琳一邊講一邊撫摸著欣雅的臉龐。

「媽媽，不要傷心，我已經很幸福了，敬友讓我成為一個完整的女人，我得到了真愛，只是孩子來的不是時候。」講到保不住的孩子，故作鎮靜的欣雅還是哭了出來。

「媽媽！我知道現在妳不方便，但是如果可以，能不能幫我煮一道您拿手的菜，我這輩子的最後能吃到您的菜，應該就滿足了。」

啟琳這才想起，她每次的拿手菜，都是因為欣德回家才做的，根本從來沒有專門為欣雅做過一次。她深深的懊惱，自責怎麼可以如此粗心？一個一直在大家身邊，一個一直在為大家犧牲的人，那麼善良、那麼孝順

的女孩，為什麼大家總是會忽略呢？！直到她為了大家用盡了生命的力量，在與生命之神掙扎時，我們才突然發現她才是最值得我們關切與疼愛的人。

但是這一切似乎都太晚了！

懊惱的啟琳馬上動身回餐館，她請敬友與 Lisa 好好陪欣雅。她要志學載她到市場，去挑選上好的食材，她要為欣雅做兩道拿手菜。志學看懂了啟琳的心思。

「妳現在這個樣子怎麼做菜？」

「我沒有右手，還有左手呀！」啟琳已管不了那麼多了。

志學覺得有道理，大家都欠欣雅太多，啟琳的這兩道菜再怎麼難做也得做。啟琳的二道拿手絕活，必須要靠右手的巧勁來控制火候；啟琳的右手因中風而無法正常發力，所以她必須以自己的左手來完成，而且味道一定要跟以前一模一樣才行。志學瞭解啟琳的心意，他知道對一個中風而身障的老婦人，這簡直難如登天。在志學的苦苦哀求下，啟琳假志學之手完成了較不具難度的螞蟻上樹，但是接下來的茄子雞丁可就沒那麼簡單了。這道菜需要先將雞丁炒過，撈起後再放入切好的茄子，待茄子快熟之時，要加入醬料與先前七分熟的雞丁再做最後的收尾與入味，這道菜的難處在於火候的控制與雞丁和茄子的熟度平衡，其中翻炒的控制非常重要，稍有

第卅二回　媽媽的左手

不慎,不是雞肉太硬就是茄子太軟太油。

　　志學按照啟琳的吩咐,將油倒入鍋子,以中火在約略十秒之後將志學準備好的雞丁倒入鍋中,啟琳以左手執鏟,小心翼翼地將雞丁翻轉,但是她的左手無法像右手般進行適當地翻炒,使得雞丁過熟,啟琳一急之下,居然將部分的雞丁鏟出鍋外。志學眼看這失控的一鍋,急忙想幫忙,但是被啟琳擋了下來,滿頭大汗的啟琳執意要親自完成這一道菜,所以她請志學撈起這一鍋失敗的雞丁,讓她自己暫時靜一靜,想想看如何進行,志學則趕緊再去市場備料。

　　這個廚房,啟琳已經用了三十年了,獨自一人的啟琳知道現在要完成這一道菜,以她僅剩的左手,無非是需要用盡生命僅存的心力才有辦法,這也是她現在僅能為欣雅做的事。啟琳看著廚房的鍋鏟,腦中閃過了一個個畫面,那是綁有粉紅絲帶的小欣雅在爸爸墳前插上鮮花的乖巧、與姐姐手牽手踏入國小的天真、運動會上一馬當先的雀躍、沒考上女中時的落淚、每每敬友來到店裡的快樂、為了姐姐而休學的堅定、被敬友媽媽嫌棄的委屈、拒絕大賢求婚的徬徨、為敬友與這個家守候的一顆溫暖的心。而眼前這個善良、美麗與自我犧牲的乖巧女兒卻在人生最幸福的時刻病倒,甚至隨時有生命危險。已經滿頭散髮的啟琳,強忍住淚水,心中不斷地呼

喚她已逝的先生，一定要在天上保佑這個小女兒的健康與幸福，她甚至願意用生命與欣雅交換，讓她來承受這些不幸。

雞丁再次下了油鍋，啟琳反覆練習左手的姿勢，在志學的協助下，終於起鍋換了茄子下鍋，一番折騰後，雞丁與茄子總算合而為一。志學嚐了一下後贊不絕口，但是隨即被啟琳否決，因為她知道欣雅喜歡的雞丁帶一點硬度、茄子卻要帶一點柔韌，女兒的口味她心裡知道。於是乎，第三鍋再起，志學深知啟琳這麼做的道理，不禁點點頭，同時也忍不住地留下男兒淚，他為這一家守護至今，雖然關關難過關關過，但是沒想到眼前這一關卻是如此之艱難。

啟琳的決心讓志學深有同感，兩人一鍋再一鍋，終於在第五鍋時，啟琳覺得該道菜的味道就是真正媽媽的味道，也是兩個姊妹的最愛。啟琳要志學趁熱趕快裝到餐盒，她要親自去醫院餵給欣雅。

躺在醫院的欣雅，看到媽媽與爸爸來訪，媽媽帶著一個小餐盒，問欣雅是不是可以吃點東西；於是，她跟欣雅講：「欣雅，這二道菜是媽媽這輩子的拿手菜，是媽媽特別為妳一個人做的！」

「媽媽，妳的右手不是不方便嗎？」

「傻瓜，媽媽還有左手呀！作菜雖然靠手勁，但是

第卅二回　媽媽的左手

經驗與心意才是一道菜的精髓，媽媽保證這個左手所作的菜，不會輸給右手的。」

　　欣雅知道，媽媽不顧身體的障礙，以左手作菜，要給自己最後的感謝。媽媽右手作的是拿手菜，鮮美甘醇，令人忘懷；現在這個左手所作的菜，吃起來與以前很像，但似乎卻是鹹中帶苦，這也許是化療後的味覺改變所造成，但她相信媽媽的味道永遠是最幸福甜美的；雖然味道似乎改變了，就像是人生中的各種味道，甜的已不見得是甜的、苦的也不一定就是苦的。

　　一個真正嚐盡人生十味的人，吃起媽媽用生命的餘力為她做的菜，雖然身體不適無法清楚地掌握真正的味道，但是卻能感受到媽媽的愛，那已經不只是味覺的感受，而是心中的呼喚。

第卅三回
粉紅色的髮帶

　　又到了每年的過年，台南府城濃烈的人情與冬天的薄霧相互輝映，大街上依舊如往常熱鬧，遠方裊裊的白煙，一定又是來自府城祭拜祖先所燃燒的紙錢。接近中午時分，志學開車沿著彎彎曲曲的泥土小路，轉了一圈又一圈地來到天主教墓園內。車子在一棵巨大的榕樹下停了下來，一行人下車，將祭祀的食物與蔬果一一地擺放在墓碑前的平台上，Lisa 將準備好的花束，在瘦高的守墓阿伯協助下，左右各一邊地插入黑色石頭所雕的花瓶內。大家排成一列，雙手合十，由啟琳開口：「好久沒來了，今天大家一起來看你了。」

　　啟琳述說著這幾年來家中的變化，Lisa 已經開始在國中就讀，四十歲的欣德被選為美國工程院院士，可說是光宗耀祖的一件大事。他們一家人年初時回台灣，將會待上一年，Chris 要在台灣小學就讀一年，順便好好學學中文，現在全家終於有時間可以常常在一起了。

　　「志學一直很照顧家裡，沒有他，也就沒有我們，他今天也來了。」

「還有敬友，他上週從美加回來後，又剛剛陪了親家公進行白內障手術。耿亮會去高鐵站載人，晚一點才來這裡，請你務必要保佑家族裡的每個人平安健康。」

在墓園中間的涼亭中，Lisa 與 Chris 調皮地一會兒比賽跳高去摸涼亭的橫樑，一會兒比賽跳遠。Chris 抱怨姊姊都贏他，已經長得比志學還高的 Lisa 則說再過幾年，等 Chris 再長大一點，她就再也贏不了了。志學也來加入戰局，可是他卻連 Chris 都贏不了，志學說：「沒關係，明後年，我還可贏一個。」

說完，大家哈哈大笑。啟琳說：「這樣也可以比喔！小心你扭到腰，卻連二歲的妹妹都比不贏。」

Chris 指著不遠處開進來的車子。

「爸爸他們來了！」

耿亮的車子剛剛到達，前座的欣德幫後座的人將門打開，在後座另一側的敬友跑過來小心翼翼的扶著挺著肚子的欣雅下車，四人一起來到墓園的涼亭。

啟琳示意要耿亮、欣德、敬友與欣雅一起到墓碑前跟天上的爸爸講幾句話，謝謝爸爸的保佑，於是欣德代表大家說：「天上的爸爸，謝謝您給了我們美好的生命，使得我們姊妹倆可以在媽媽與志學爸爸的養育下長大成人，並且代替爸爸保護著媽媽，相信爸爸在天上一定看著所有家人，並且保佑著大家。」

拜完父親後，Lisa 因好久沒看到欣雅阿姨，直接上前抱住欣雅，然後一開口就問：「加拿大的極光真的很漂亮嗎？」

欣雅點點頭。

「我們等了幾天才看到，極光出現時，那種震撼不下於我第一次看到銀河系。Lisa！妳一定要去看一次。」

欣雅看著 Lisa 頭上的髮帶，摟著 Lisa，輕聲地說：「我以前來這裡，與妳媽媽一樣頭髮上都綁著一條跟妳今天很像的髮帶，那時妳媽媽髮帶的顏色跟妳一樣是紅色的，我的則是粉紅色，我們到大學時還都是這樣帶著。」

「這個髮帶就是媽媽昨天給我的，她說她有好多條。」

欣雅看了欣德一眼，欣德走過來拉起欣雅的手。

「也有一些粉紅色的，以後妳肚子裡的小妹妹的髮帶，我已經準備好了。」

一陣風吹了過來，榕樹上的葉子沙沙地回應，敬友本能地伸手將欣雅摟近自己，以免欣雅著涼，欣雅張著大眼睛看著敬友，然後與肚子裡小女孩一起依偎在敬友的一側。其實這一陣風在近午的藍天之下並不寒冷，反而倒像是冬天的一股暖流，讓在榕樹下的人們感到舒爽。

欣雅心中對著天上的父親：「爸爸！下次我們再來的時候，您會看到孫女們的頭髮上分別別著紅色與粉紅色髮帶，這代表我們對您的思念。」

　　欣雅轉頭望著啟琳與志學，一抹微笑，道盡心中無限的感激。

　　遠處的一群小鳥，因為機場戰鬥機起飛的轟鳴聲而群起飛了起來，牠們很有秩序地在天空中劃出一條弧線，隨即落在不遠的草地上，有條不紊地在這溫暖的陽光下繼續忙碌地生活著。

讀者迴響

編案：本書正式出版前，曾以試閱版於二〇二二至二〇二四年分享各方讀者。以下為讀者的反饋與感想。

大時代的變遷與成長故事

　　壬寅新春，帶著妻女回娘家過年。欣獲作者來電，暢談他甫完成的大作《媽媽的左手》一書。在這家人團聚的節日裡，拜讀之後，甚感書中故事溫馨與文筆抒情流暢之動人，更加佩服我這文藝與科研雙修好友的才學多方。《媽媽的左手》一書共有三十三章的情節故事組成，以第三十二章的章名來選做此書之書名，更顯作者鋪述故事以觸動讀者的慧心巧思。書中敘述著丈夫因公而殉職的女子，帶著堅毅不畏苦與偉大母愛情操，培育著心愛的雙胞胎女兒成長的感人故事。書中的每一章情節中，不僅陳述著母愛與家庭親情外，也同時紀錄了大時代的變遷與成長故事，讀來令人觸發著相關人事物的感動外，更令人緬懷過往而生積極面對生活之情。再次

感謝好友動人的文采故事共享,也又深切體悟到了:有良友、有多聞之幸!

（讀者一,2022）

帶著正能量

有深度不煽情,對情感的刻劃深刻,所有的起伏波折都合情入理,也一直帶著正能量,更加入我們這世代過往的許多回憶,讀後讓人感動而愉悅!

（讀者二,2022）

这份纯净淡泊滋养着读者的心田

这部作品像是身边人的经历或者带有某种家族叙事的感觉。从这个角度讲,作品很温馨很亲切很美好。作品中的每个人都奉献着,理解着,默默守护着,完成我们道德认知中的顶配,小镇如同世外桃源,每个人心地的纯净也如同世外桃源,这份纯净淡泊滋养着读者的心田,点燃心中共鸣。看着小说,我想起自己的曾祖母,祖母,外祖母还有妈妈,她们经历的岁月,苦难和曾经的坚守,她们的都值得被书写。一部作品在某个角度会

唤醒读者，《妈妈的左手》做到了。

（讀者三，大陸讀者，2022）

令人回味無窮

看完《媽媽的左手》，平舖直敘沒有刻意添加文學修飾的親切感，娓娓道出四、五年級生時代背景的故事，讀完餘音繞樑，令人回味無窮，可比作當代的「未央歌」。

（讀者四，2022）

記錄了早年臺灣人性善良的一面

記錄了早年臺灣人性善良的一面（讓我數度淚流滿面），為了家人可以犧牲個人的幸福，適度地將校系的優點融入其中，可給家境清寒學子就學的指引，是莘莘學子課餘優良讀物！謝謝作者的妙筆，協助社會撥亂返正善良風氣！

（讀者五，2022）

愛讓故事變得美麗豐富

　　媽媽的左手充滿了愛的流動，生活的點滴高低起伏，成就了每位個體人生階段及旅程，愛的洗禮成就了互相包容及互助。這篇小說可以說發揮的淋漓盡致，愛的流動讓我感到故事中的媽媽為了家庭及子女堅強付出及犧牲奉獻，且子女也為了照顧母親的健康而放棄一些夢想，成就愛的流動，愛讓故事變得美麗豐富、滿滿的力量和溫暖。

　　現在已近八十歲的我，已經好幾天夢到欣雅與敬友，這本小說勾起了我太多的回憶，祝福天下每個人，都能因愛而美好。

（讀者六，2023）

悖謬歪風的清流

　　文字簡明流暢，故事清新正向，又有耐人尋味的轉折點，一經讀起，有著令人追看下去、一氣呵成的吸引力，彷彿那些年的校園生活歷歷在目。另外，也將一些社會事件安插在故事之中，豐富每一章節的脈絡發展。故事中的眾主角們縱然面對生活的困苦，仍然積極面對，而結局又是如此的美滿，教人歡欣！媽媽的愛、人

生的美好，這本書的純淨可以來抗衡現今這個社會歪曲的悖謬，純化今日世代之風，所以「媽媽的左手」所強調的人性光輝，無疑是一股清流。

（讀者七，2023）

Couldn't be better

一口氣看了二遍，這本小說看起來平舖直述、卻深刻表達出家中一直以來默默盡心盡力者，最無私無悔的溫情。故事內容感人肺腑、引人入勝，讓同樣身為該世代的讀者的我，心有戚戚焉，久久不能忘懷……。

（讀者八，2024）

猶如經歷了一場溫馨而美麗的電影

感謝作者感人肺腑、引人省思的小說，猶如經歷了一場溫馨的電影。這裡沒有光怪陸離的劇情，但卻高潮迭起；這裡有母親的慈愛、包容與偉大的光輝，有大賢哥默默地守護與陪伴，有家人與朋友間的相互扶持，有真心相待，更有樸實的人們為了所愛的人犧牲奉獻而毫無怨言。這本小說啟發我去感受到身邊最不耀眼的人，

默默犧牲自己夢想而成就他人美好，卻總是被忽略。當我們能夠成功、順利時，我們往往感謝那些看得到的人事物，但是若我們能夠再多看看、多想想，也許會發現有一顆更美麗的心，始終在我們的身邊守護著。感謝我身邊那顆美麗的心，也感謝小說的作者。

（讀者九，2024）

傳統家庭親情與無私奉獻情誼，在小說中處處可見

一母同胞的姐妹花，在造化弄人之下，陷入現實難關之中幾乎滅頂。藉由姐妹手足之情、母女之愛，無私無悔的親情化為破除萬難的力量，開展迥然的人生。在現今的工商化社會中，幾乎見所未見的傳統家庭親情與無私奉獻情誼，在小說中處處可見，字裡行間感人肺腑，令人動容。是個不可多得的好作品。

（讀者十，2024）

行文渾然天成不流於浮華詞藻，功力深厚令人折服

從一位慈母牽起兩個女兒小手踏上人生的新階段展開。人生的過程僅管跌盪起伏，姐妹兩人依然攜手度過。最後妹妹有情人終成眷屬，攜手新郎一起組成幸福家庭。從一開始的噬指棄薪到最後的執子之手，家人的支援始終貫穿全文。本文中人與人之間的相處正如同牽手時指尖傳達的溫暖一般，渾厚純真。作者以小喻大，將家人溫情藏於字裏行間。行文渾然天成不流於浮華詞藻，功力深厚令人折服。

（讀者十一，2024）

愛是人世唯一的目標

這本小說裡我讀出了人性的善良純真與愛，這些雖然是再平凡不過的素材，卻在作者極盡巧思舖陳與細膩的筆觸下，讓從這對雙胞胎從小與媽媽相依為命的生活敘述，栩栩如生活在旁街坊鄰居津津樂道的口耳相傳的故事一般。我們都已長大成人，感於科技的進步，經濟發達生活也日漸優渥，已經鮮少聽說誰為誰犧牲、成就了誰，卻總覺得在汲汲營營之後似乎忘了初心，與那個

為愛我們與我們所愛的人創造幸福的願望。作者的溫暖與熱情在這篇小說展現無遺，人世唯一的目標「愛」我想這應該是他想告訴大家的。

（讀者十二，2024）

不同年紀的我，應該會有不同的體悟和感動

這本「媽媽的左手」是我爸爸博士論文指導教授所寫的，一開始拿到這本小說時，對我並沒有太多的吸引力，因為我從沒接觸過愛情故事，所以一開始我只是利用睡前的短暫時間試著閱讀，因為這樣媽媽就不會催促我趕緊上床睡覺！但是小說寫的很好，我雖然還只是睡前看一下，但愈看愈想看，很好奇結果是什麼，最後還要媽媽催促我關燈睡覺。

這本書講了許多有關於愛的故事，有愛情、親情與友情，雖然每一個環節都超過字面上我所能感受的意義，但在媽媽的解說下，讓我知道這一本小說是要讓讀者加珍惜身邊的人，並且有感恩的心。

我現在十二歲，還不太能深刻感受到小說的精隨，但我在長大的過程中，不同時間再去看這本小說，應該會有不同的體悟和感動。

最後要謝謝師公給我們這一本好看的小說。

（讀者十三，2024）

文化生活叢書・藝文采風 1306045

媽媽的左手

作　　者	布萊特・孫
責任編輯	呂玉姍
校　　對	唐梓恩
封面設計	陳薈茗
印　　刷	百通科技股份有限公司
發 行 人	林慶彰
總 經 理	梁錦興
總 編 輯	張晏瑞
編 輯 所	萬卷樓圖書(股)公司

臺北市羅斯福路二段 41 號 6 樓之 3
電話 (02)23216565
傳真 (02)23218698

發　　行　萬卷樓圖書(股)公司
臺北市羅斯福路二段 41 號 6 樓之 3
電話 (02)23216565
傳真 (02)23218698
電郵 SERVICE@WANJUAN.COM.TW
香港經銷
香港聯合書刊物流有限公司
電話 (852)21502100
傳真 (852)23560735

ISBN 978-626-386-172-5
2024 年 12 月初版
定價：新臺幣 380 元

如何購買本書：
1. 劃撥購書，請透過以下帳號
帳號：15624015
戶名：萬卷樓圖書股份有限公司
2. 轉帳購書，請透過以下帳戶
合作金庫銀行 古亭分行
戶名：萬卷樓圖書股份有限公司
帳號：0877717092596
3. 網路購書，請透過萬卷樓網站
網址 WWW.WANJUAN.COM.TW
大量購書，請直接聯繫，將有專人
為您服務。(02)23216565 分機 610

如有缺頁、破損或裝訂錯誤，請寄
回更換

版權所有・翻印必究
Copyright©2024 by WanJuanLou Books
CO., Ltd. All Rights Reserved
Printed in Taiwan

國家圖書館出版品預行編目資料

媽媽的左手/布萊特.孫著. -- 初版. --
臺北市：萬卷樓圖書股份有限公司,
2024.12
　面；　公分. -- (文化生活叢書. 藝
文采風 ; 1306045)
ISBN 978-626-386-172-5(平裝)
863.57　　　113014971